AF437177

Marcos Gomes

Papo Cabeça

(Contos hipo-realistas)

Edições Vercial

Ficha Técnica

Título: *Papo Cabeça*
Autor: Marcos Gomes
Ilustração da capa: Marcos Gomes
2.ª edição revista e aumentada
Todos os direitos reservados: Edições Vercial, 2018-2021
Edições Vercial, Braga, Portugal

ISBN: 9798780285946

I
Papo Cabeça

Papo Cabeça I

NARIZ

Era um nariz curvo, delgado no centro, mas as narinas varicosas espalhavam-se como duas grandes abas. Sentou-se numa das poltronas e ficou em absoluto silêncio.

A mulherada foi chegando para a consulta médica. O médico russo, um loiro Doutor Alexander ainda moço, atendia devagar, fazendo muitas perguntas. De sorte que as próximas pacientes tinham de esperar, às vezes, até por duas horas. Mas faltava lugar para sentar, porque o novo paciente não cedia espaço algum.

Uma senhora, sentindo-se incomodada, resolveu empurrar o nariz. Já lhe tinha falado com bons modos, mas ele não lhe dera nenhuma resposta.

"Cai fora, parasita!"

"Será preciso que, num esforço hercúleo, tiremos este enfisema inútil daqui."

"Não consta na ficha da secretária a que horas ele deve ser atendido?"

"Você sabe o nome dele, Margarida Alice?"

"Aqui consta Anselmo da Silveira. Mas para ele, a consulta é amanhã."

"Então vamos tirar esse nariz daqui à força."

"Vamos lá, meninas, no três. Um, dois, três!"

O nariz foi removido, mas deixou uma nódoa de muco, de modo que ninguém quis sentar-se ali. Em frente das muitas mulheres que esperavam pelo atendimento, Margarida Alice pensava: "Sobrou pra mim limpar isso aí. Se eu me atraso o Arlindo me mata!"

ORELHA

Na sala de espera do hotel Glória chegou a Orelha e, como o Nariz da outra estória, sentou-se numa poltrona. Entretanto, era um lugar discreto, junto a uma janela, onde, nos tempos mais quentes, Doutor Gualtemo costumava ler seu jornal.

Alguns quiropatas que passavam por ali ficavam admirados pelo aspecto do lóbulo da Orelha. Chegava a quase um terço de seu tamanho.

"Esta aí vai durar muito, comentou Sergipe."

"É, mas acho que ela é surda. Você viu quantos pelos saem de seu interior?"

Margarida Alice deixou Arlindo tomando seu chope e disse que precisava falar com Lazinha, a gerente do hotel.

"Não demora, hein! A primeira sessão do Cine Cacique começa às sete e meia."

Encontrou-se com a amiga exatamente diante da Orelha.

"Que orelha é essa, Lazinha?"

"Sei não, Margarida. Deve ser de alguma peça de teatro que vão apresentar por aqui.

"Você está sentido esse cheiro gostoso? Parece de lavanda."

"É, é de lavanda mesmo."

"Vem da orelha. Venha cá, amiga, vamos dar uma olhada."

Lá fora, terminado seu chope, consultado o relógio, Arlindo considerou que deveria tomar uma atitude. Pagou sua bebida e entrou aborrecido no cinema. "Que se dane! Se ela quisesse ver o filme comigo, já tinha chegado!". E o pior: a fita foi uma ficção-científica de segunda categoria. Uma estória sem pé nem cabeça, a respeito de uns alienígenas em forma de orelha, que invadiam a Terra e raptavam as pessoas.

Só teve notícias da mulher um mês depois, quando recebeu um cartão rosa, em que aparecia um grande navio, de muitos andares, ancorado num porto. No alto estava escrito: "Conheça a ilha das Margaridas. Você nunca viu nada igual!"

A Orelha continuou no sofá do hotel, sem que ninguém desse por ela. De vez em quando a moça da limpeza encontrava uns cartões-postais, quando ia limpar a saletinha.

"O que você vai fazer com isso, Rosinha?"

"Vou pôr no correio."

OLHO

A mulher foi entrar no restaurante, mas teve de afastar-se com a descortesia do Olho. Era um olho gordo, bastante redondo, de cor parda. Usava lentes de contato azuis, mas que em nada mudavam sua cor original.

"Não vê não, oh trouxa? É cego?"

O Olho sentia-se mal com os comentários. Estava velho. Não enxergava nada, mesmo. O médico dissera que o que ele tinha era glaucoma e que demorara muito a procurar um especialista. Saíra dali pisando duro, cortara caminho pelo restaurante e acabou trombando com a senhora distraída na entrada.

"Moço, moço, ó moço!"

Parou aborrecido.

"O senhor deixou cair sua carteira."

"Ah muito obrigado. Ando muito distraído."

Ficou emocionado com o gesto do menino miúdo, que não parou para receber sua recompensa. Uma lágrima caiu do Olho.

BOCA

"Você vem?"

"Sei não. Você acha que rola alguma coisa?"

"Que que é isso, menina? É claro que rola!"

Tinha uma língua, aquele menino! A Boca ia caindo de madura. Já era a boca da noite e o menino a levava para a Boca do Fumo. Lembrou-se de parecer bonita. Usava um vestido meia boca. Passou um baton lilás, frisou bem o contorno com um lápis, olhou-se no espelho. Estava realmente encantadora.

Daí a pouco, viu-se só. "É nisso que dá em confiar em pirralho!"

"E aí, mina, vamos fazer um programinha? Uma Boca assim vai querer um petisco, não?"

Era o Nariz, e vinha com aquela conversa de trouxa de sempre.

"Cai fora, mandrião, estou com o Cabo Antonino."

"Ah sem essa, lindinha. Não vem com essa estória boba pra cima de mim!"

Uma trombada tirou o Nariz da jogada.

Era um Olho, já de idade e bastante gordo, mas forte o suficiente para pôr o Nariz fora do caminho. Parecia velho e enxergar mal, pois quando olhava para a Boca, a pupila apontava noutra direção.

Ofereceu-lhe o braço:

"Permita-me fazer-lhe companhia, nobre dama."

"Quem não tem cão, caça com gato. Vamos lá, bem."

O Olho parecia feliz com aquela moça. A primeira notícia boa do dia. Foram ao hotel Glória, onde ocorria um concerto para três violinos. Tiveram de ouvi-lo de pé, porque a única poltrona disponível estava ocupada por uma grande orelha e por uma mulher miúda, assinando uma pilha enorme de cartões-postais.

Papo Cabeça II

Na paisagem árida, os soldados correram em busca de abrigo. Não muito longe dali, tanques faziam a terra tremer. Balaços lançados por canhões e tiros de metralhadoras pesadas atingiam as dunas. Pó e fragmentos de rocha enchiam o ar, que misturava o cheiro de fuligem, pólvora e sangue aos ruídos de máquinas, passos apressados, lamentos e gritos dos que não tinham sido suficientemente espertos para esquivar-se.

Um militar de baixa patente tentava atrair dois soldados para uma gruta. Grande parte de seu grupo tinha explodido com os primeiros tiros do canhão de 60 milímetros do tanque.

"Vasconcelos, Rodrigues, por aqui!"

Tinha de falar suficientemente firme, mas não alto. Não se sabia a quantos metros dele estava o inimigo.

"Tenente, o Almeida e o Pererica ficaram. Tão ali atrás da rocha."

"Não vai dar pra salvar ninguém. Não vem não com uma de Rambo. Entra aí e…"

A frase não acabou porque os primeiros tiros de metralhadora pesada arrancaram parte de seu queixo e afundaram seu pescoço. Não teve notícias de Vasconcelos. A única coisa a fazer foi mergulhar de cabeça na fenda da terra e que Deus o ajudasse.

Primeiro, não chegou a saber onde estava exatamente. A terra tremeu com a passagem do tanque. Voltou a tremer, quando passaram outros tanques. A seguir veio a correria dos homens da tropa inimiga. Ouviu o ruído selvagem de um soldado, cortando partes do corpo do tenente para acrescentar a sua coleção de despojos.

"Una nariz más, Mansur?"

"Es cierto, sin tardanza mi colección va a quedar completa. Tengo 24 narices ya."

"Mi comandante, hay uma cavidad entre las piedras. ¿Debo entrar ahi?"

"Non pierdas tiempo, Aldabar, tira una granada y los perros morirán!"

Rodrigues juntou o pouco de forças que tinha e avançou sem nenhum cálculo terra adentro, passando por fendas ainda mais estreitas, que machucavam toda a pele da cabeça e do peito, atravessou a água gelada de um riacho subterrâneo, sentiu tremer as rochas de uma explosão felizmente distante.

"Buenos sueños, mis camaradas."

Y si Adelita se fuera con otro
La seguiria por tierra y por mar
Si por mar en un buque de guerra
Si por tierra en un tren militar.

E com a canção se foram os soldados inimigos. Rodrigues aguentou firme a sede, a fome, as dores de algumas queimaduras dos ferimentos superficiais. Acomodou-se como pôde no terreno irregular. Três horas depois, a luz do sol penetrou por outra fenda e iluminou parcialmente a gruta. Descobriu então que não estava sozinho. Aos poucos, foi percebendo outra figura, um grande nariz adunco, já um pouco idoso. Tinha encostado o fuzil na parede e comia vagarosamente umas bolachas duras, fazendo grandes ruídos com a língua. Sentiu uma fome enorme; havia dias que não comia, mas, ao mesmo tempo, um grande nojo pela maneira ruidosa e deselegante como aquele nariz comia. E se ele fosse do inimigo? Mas o inimigo estava lá fora e o fuzil encostado na parede era igual ao que costumeiramente trazia consigo, mas que se perdera entre as pedras da gruta quando fugira às carreiras.

"Ei companheiro, sobra aí uma bolacha pra mim?"

O nariz voltou-se com movimentos lentos. Trazia um sorriso triste, típico daqueles que já há muito se entregaram na vida e que perderam o respeito por si mesmos. Abriu uma boca sem dentes e ofereceu uma bolacha dura, úmida, que inutilmente tentava digerir.

"...e às pessoas que detesto. / diga que eu não presto / que fiz de seu lar um botequim/ que eu arruinei a sua vida / que eu não mereço a comida / que você pagou p'ra mim."

Os olhos do Nariz se iluminaram.

"Bravo!" – tentou ele dizer, mas sua voz saiu inaudível.

O Olho terminou sua canção com um sorriso maroto nos lábios. Encostou seu fuzil na parede, aceitou a oferta do Nariz.

"Você não está com fome?"

"Outra bolacha, não. Pra mim chega."

"Tá bem – e mastigou a bolacha com aparente apetite."

"Assim você engorda, bem." – A Boca pendurou-se em seu pescoço e mordiscou-lhe a bochecha. – "Tou com sono."

Deixou a companhia do Olho, que apalpava os bolsos do Nariz à procura de outras bolachas, tomou a mochila rasgada de Rodrigues e estendeu-se muito à vontade no chão da gruta.

"Você não se importa, né?" – Deu um sorriso maroto, fechou os olhos e dormiu.

"Ela tá muito cansada. Bailou a noite inteira" – complementou o Olho cheio de orgulho. Naquela idade era capaz de dançar com uma mocinha tão cheia de vida e estar ainda inteiraço no dia seguinte.

Rodrigues olhou para Boca com simpatia. Ela trajava um

vestido vermelho de noite, com um decote muito generoso, que deixava entrever parte dos seios, os motivos de tanta satisfação daquele Olho faminto. Mas ele não se deixava enganar por sua própria mocidade. Mesmo sabendo das belas formas da Boca, o Olho orgulhava-se de estar vivo, ainda que por um curto momento, de sentir intensamente o mundo, que a escuridão da cegueira em curto espaço de tempo lhe ocultaria. E despedia-se das sensações terrenas, preparando-se para uma viagem desconhecida. Pegou o fuzil, olhou com piedade a Boca adormecida e saiu da gruta por uma passagem oculta.

"Lá fora você morre!", tentou dizer o Nariz com sua voz inaudível. Mas ele fez ouvidos de mercador. Os que ficaram ouviram uns acordes roucos da Marselhesa e depois se fez silêncio.

"Verificou a pressão?"

"Tá normal."

"Troque as bandagens."

Sentiu que mudavam seu corpo de posição.

"E que faço com esses vermes de borboleta?"

"Deixa, eles ajudam nosso trabalho. Só comem o tecido necrosado."

O ar foi invadido por um cheiro forte de álcool. A seu lado passou uma maca com um homem entubado. Sentiu coçar o olho direito. Mas o braço direito não veio. Havia ali um grande vazio.

"Que aconteceu com meu braço?"

"Dorme, Rodrigues, dorme. Amanhã você fala com ele."

"Péra aí, cadê meu braço?"

"Eu bem que falei para você, Rodrigues: "Olha, seu braço está saindo com gente que não presta!". E você lembra o que me respondeu? Lembra? "Deixa pra lá, que ele é ainda moço".

E deu no que deu. Três horas da madrugada e esse menino não volta. Quero ver você consertar agora?"

"E meu olho, que aconteceu com meu olho?"

"Esse daí é ainda pior. Ontem a Mercedes viu ele no Hotel Glória de mãos dadas com uma sirigaita."

"Peraí, o que está acontecendo?"

"Dorme, Rodrigues, dorme. Você se esquece da família e quer resolver tudo de madrugada? Lembre-se que você tem reunião hoje de manhã com o Doutor Gualtemo. E você mesmo disse que o homem anda uma fera com o serviço atrasado."

Acordou em sua cama, os mesmos cheiros da casa. A mulher não estava no leito. Ouviu uns ruídos leves e percebeu, então, que ela devia estar no banheiro. Tocaram a campainha longamente. A essa ora? Quem seria?

Tentou levantar-se, mas faltava-lhe o braço direito.

A campainha tocou de novo, mais longamente.

"Peraí. Já vou. Calma, calma."

Aberta a porta, estavam lá fora a Orelha, o Olho, cheios de contusões.

"Seu filho é mesmo braço. Inventou de dirigir bêbedo, olha aí o que aconteceu."

"E o que é que aconteceu?"

"Meteu o carro num poste, disse a Orelha."

"O meu filho, o que você foi fazer?"

"Que foi, Rodrigues?"

O Inácio bebeu muito e bateu o carro. Inclusive machucou esse casal.

"Não foi nada, não foi nada" – dizia o Olho.

Os dois entraram e colocaram o Braço direito de Rodrigues no sofá. O Braço respirava normalmente, mas dormia pesado, devido ao excesso de bebida.

"A gente pensa que cria bem um filho, e olha o que ele faz!"

"Os senhores não querem um café, um chazinho?"

"Não se preocupe, minha senhora. A gente tem de ir."

"Puxa, é uma pena. Muito obrigado por trazer nosso filho de volta."

"Não há de quê, minha senhora."

Uma História sem Pé nem Cabeça

I

"O Gordo era gente fina" – comentava Dagoberto Lins, o assessor do Doutor Gualtemo.

O funeral era simples; mas havia várias gentes, todas elas com boas recordações do Gordo. Ele e Edmundo, filho do Doutor Delgado, ficavam no corredor estreito da saída do cinema, arrotando forte sempre que passava uma moça de aspecto atraente, segundo seus critérios estéticos.

"Tudo bucha de canhão, Epifânio."

Epifânio sorria amarelo, lembrando-se de alguns detalhes da vida do Gordo; eram sempre facécias, algumas muito elementares, outras, ao gosto do povo. O Gordo tinha sido gente boa e partilhado dos melhores momentos da vida daqueles que agora cercavam seu corpo. Apaixonara-se perdidamente por uma moça "magérrima, enfezadita, feia, sem quadris, na sua saia de ramagens", conforme a descrevia Cesário, companheiro da turma. Casara depois de dois meses, em que arrotara seu amor, com sua voz cava de barítono e a moça, longe de enojar-se, sorriu agraciada. Os olhos com que sorriu foram a perdição do Gordo. Mas o casamento não durou nada, que a moça morreu depressa, deixando o marido desconsolado. Agora estava ela ali, ao lado do caixão, chorando copiosamente.

Como é que ele morreu?

Foi salvar uma tal que se afogava, num lugar que não dava pé.

II

O Gordo bateu duas vezes à porta. Sabia que havia alguém dentro. Por fim, deu um arroto violento.

"Desculpe, estou tão tensa. Você não se importa se eu não…"

"Não tem de quê, Alice."

"Você sabe, os caminhos vertiginosos que tomam hoje em dia os homens, varando madrugada adentro, despidos de seus mais cerúleos princípios, desvirtuando-se pela marginalidade, fazem-me pensar se há mesmo um propósito-mor em nossa humilde existência."

"Compreendo. Você há de estar preocupada. Há mais pudim. Você quer um pouco, meu anjo?"

"Oh Gordo, só você mesmo para trazer consolo a essa pobre filha de Deus…"

III

Finalmente, a última curva da Avenida da Saudade. O corpo do Gordo pesava. Pior era que, por economia, o Almeidinha pagara apenas um caixão, mas dentro ia o Gordo e a ex-exposa do Gordo. Meu Deus, que peso!

"Como ela morreu?"

"Como morrem todos os tuberculosos."

"Ela era tuberculosa? Parecia que só era magra."

"O doutor Devair tratou dela. Pergunte pra ele."

"E aí, Devair, de que morreu a moça?"

"Compressão excessiva dos ossos torácicos. Cá entre nós: morreu, porque não conseguiu sobreviver ao peso do Gordo."

"Puxa, o Gordo era mesmo insuportável!"

Paramos numa esquina, antes do cemitério, para comer um pão com mortadela. O esforço dera muita fome. Pedi uma bengala com mortadela, tomate, queijo e um pedaço de aipo. Vi que era insuficiente. Pedi outra e mais outra. Depois veio Alice, tão magra, mas tão bonita:

"Vamos pra casa, bem."

Fomos. Medi-lhe os braços magros e comentei:

"Você precisa engordar, meu bem."

Salada Completa

Para Valderez

"Você tinha de fazer isso, meu filho? E agora, o que é que eu faço? Eu sou apenas mãe…"

"Era para ser apenas uma brincadeira, mãe."

"Então acaba logo com essa brincadeira e sai daí, filho."

"Já não falei que não posso? Não posso!"

"Como não pode? Você entrou, você sai."

"Não é bem assim, mãe. Assim seria muito fácil."

"Mas o que eu digo pro seu pai?"

"Dá outra coisa pra ele comer, ora."

"Mas ele voltou de viagem, disse que queria salada completa, com ovo cozido, sardinha e muita folha. Tudo isso para acompanhar o bifão acebolado que tou preparando para ele."

"Fala que não tem nada disso."

"Mas se ele mesmo foi comprar! Por que você foi fazer isso, meu filho?"

"Mãe, eu já disse. O anão falou que a brincadeira dura umas três horas, e que depois volta tudo ao normal."

"Mas não volta nada, meu filho. Como é que você ficou assim pequenininho?"

"Sei lá, mãe, isso era coisa do anão."

"Então vai procurar esse anão e fala para ele desfazer o feitiço."

"Não posso, mãe, o pai comeu minhas duas pernas."

"Como comeu suas duas pernas, meu filho?"

"Com a mão, ora. A senhora saiu um pouquinho da cozinha, ele pegou um pedaço de carne, embrulhou numas verduras onde estavam minhas pernas, jogou azeite em cima e saiu comendo."

"E você nem pra gritar, meu filho?"

"Foi tamanho o susto, que nem deu tempo."

"Mas meu filho, a gente não perde assim facilmente as pernas."

"Mas eram folhas de alface. O pai não tem culpa. Ele só estava a fim de comer salada."

"E agora, que é que eu falo para ele?"

"Sei lá, mãe, você não é a mulher dele? Inventa alguma coisa?"

"Mas eu não posso, meu filho. Seu pai está muito cansado. Trabalhou a semana inteira fora e disse que queria porque queria comer bife acebolado com salada. Em Nova Odessa, só lhe serviram arroz, feijão e farofa. Ele disse que queria comidinha caseira, com salsinha, cebola cortada, um dente de alho amassado, coisa que lembrava o temperinho da avozinha dele."

"Você já me disse isso, mãe, mas agora o pai comeu minha perna e a hora que ele vir meu tronco, cheio de sardinha, é capaz de não sobrar mais nada."

"Ai, meu filho, cada coisa que vocês fazem…"

"Péra aí, mãe, aonde é que você vai? Péra, mãe, volte aqui. Mãe, mãe, manhê!

"Oba, sardinha!"

"Não, Jonas, não faz isso."

"Mãe, não demora com esse almoço, que tenho de ir pro clube."

"Já vai, meu filho, já vai? Não vai esperar o almoço?"

"Não dá mãe, que hoje tem campeonato de ping-pong no clube. Eu tou escalado."

"E minha salada, princesa?"

"Ainda demora um pouco."

"Como demora?"

"É que o tempero tem que fermentar, para ficar bom."

"Escuta, anjo, dá aqui essa travessa. Ah, isso mesmo: sardinha, picles, azeitona preta, azeitona verde, pepino, batata, ovinhos de codorna. Hum, tá uma delícia! Nem preciso almoçar hoje."

"Não bem, não faz assim. Dá aqui essa travessa, dá."

"Calma aí, bem, você não imagina o que é ficar comendo comida ruim, durante dez dias."

"Tira a mão daí, Alfredo. Como você ousa por a mão aí, na frente de seu filho?"

"Que filho, Isaura? A gente está sozinha aqui, na cozinha."

"Larga de ser assanhado, homem de Deus. Vai lá ver seu jogo, que eu já sirvo o almoço!"

"Assim, negaceando você me deixa com mais vontade, neguinha."

"Deixa disso, Alfredo!"

"Que 'é que 'é isso, mulher? Tá bom, vou ver o jogo. Calma aí. Mal cheguei e você quer brigar."

...

"Tá vendo o que você me fez passar? Seu pai mal chegou, e tive de brigar com ele."

"Mas ele comeu meu pulmão direito, mãe. Agora mal tenho o resto do tronco. O esquerdo, o Jonas entrou aqui na cozinha e comeu."

"Você e essa sua brincadeira cretina. Meu filho não tem mais nada que fazer."

"Péra aí, mãe, não me deixa aqui sozinho. Volta, mãe!"

O rapaz ficou assustado. No meio de algumas verduras, poucos viam ali uma cabeça. Pequena, é verdade, mas uma cabeça, que o gato, recém-subido na pia, rapidamente percebeu.

Uma Estória Verdadeira de Amor, com variantes

Uma estória verdadeira de amor poderia começar assim:

"Por que você insiste em deixar as tartarugas sobre minha cama?"

"Elas gostam."

"Elas gostam, como? Elas foram colocadas aqui e ponto final."

"Não, não é bem assim… Em dias de pouco sol elas buscam o calor. É natural."

"Não, não é natural. Você tira já essas tartarugas daqui, ou nosso relacionamento já era."

"Fico com a segunda alternativa."

Ou assim:

"Noto, meu bem, que suas tartarugas estão mais magras."

"Pode até ser verdade, mas que hei de fazer?"

"Estenderás no alto, a enorme flâmula auriverde emplumada?"

"Pode ser. Resolve?"

Ou então:

"Eduardo, meu bem, você é minha paixão."

"Ora, que fazer então com as tartarugas?"

Ou:

Por fim, ocupando metade da entrada da gruta, onde se entulhavam os velhinhos do Montepio Santa Úrsula, grandes tartarugas, carregando mochilas às costas, invadiram o Vale do Silício. Anselmo enfiou os dedos no pote de Brilhantina "O Topete", esfregou as palmas das mãos pelas têmporas e sorriu um meio sorriso, mordendo levemente os lábios, sobre os quais passara manteiga de cacau. Odília abraçou-o por detrás, dobrando sua coluna, para parecer mais baixa do que ele, apesar do salto de doze centímetros que o rapaz usava.

"E o rapaz, que jogo faz?"

"Faz o jogo do capão. O capão sobre o capão, lá por trás do Morandão. Arrecolhe o seu dedinho, que lá vai um beliscão."

"Bela parlenda. É isso que a dupla vai apresentar?"

"Não apenas. Vamos cantar um número especial, intitulado: *A Doce Sereia do Sul.*"

"Soube que José Nostriamo está processando vocês por plágio."

"Nós também o estamos processando, pois metade dos trabalhos que alega serem seus e, com isso, processa os outros, na verdade são de autoria alheia."

"E esses cocos, o que fazem no palco?"

"Ah, perdão, essa é nossa família. Como não podemos ter filhos, resolvemos adotar estas seis tartarugas."

"Puxa, vocês são um casal exemplo."

Começam então a cantar:

Para além da cidade de Louveira
Brilha impoluto o círculo alvissareiro
Brilha sempre com as lâmpadas afirmadas
Correndo inútil a mente abobalhada,
Passa logo, pois é o carro do correio,
Fica então na memória só a lembrança
Da Sereia do Sul, que é só lambança.

Ao mesmo tempo em que o rapaz topetudo repassa os dedos na guitarra elétrica, ora lento, ora muitíssimo ritmado, a moça varapau, com voz aguda, repete os versos, acrescentando outros incompreensíveis, como "Vapadabadoum, vapadabadoum, ishibi, ishibi, ishibi".

"E as tartarugas?"

"Bom, você bate uma na outra e o resultado é um som muito legal."

II

Doutor Gualtemo & Cia.

Novo Integrante da Equipe

"Você viaja de navio?"

"Não, o Anselmo não me disse absolutamente nada."

"Garfos?"

"A cada meia hora. Convém não ingerir vinho quando o fizer."

"Negativas?"

"Nenhumas. Apenas, se a gente apertava a campainha, o cão ladrava muito alto e os papagaios cantavam desordenadamente."

"Lenços de papel?"

"O Otávio disse muito acertadamente: para reservar um lugar adequado para tua escova. Ela vai à boca. Não pode misturar-se com qualquer coisa."

"Sapatos de hortelã?"

"O parágrafo 29 não menciona nem martelo, nem necessidade de desfragmentação do disco."

"Onipotência?"

"Vara, anzol e jabuticabas? Não é mais isso que você quer perguntar?"

"Creio que é tudo. O senhor ajunte duas fotografias 3X4, um pijama de listras, certidão negativa de IR, comprovante de endereço, documento de alistamento militar, uma cobra coral, seis Veramons, uma pena de galo, envelopes brancos sem manchas, atestado de bons antecedentes…"

"O requerimento básico pode ser entregue agora?"

"Sim, é claro."

"Mas aqui só tenho uma cópia dele."

"Não há necessidade de outro. O senhor opera com os dois olhos?"

"Não, somente com a mão esquerda e, ainda assim, usando cera de abelha."

"Perfeito. Traga os documentos e já começa nesta sexta-feira próxima."

"Está bem, então, foi um prazer conhecê-lo, senhor…"
"Osmundo Ezafrim."

"Então, Senhor Osmundo Ezafrim, foi um prazer conhecê-lo. Providenciarei os documentos, hoje à tarde mesmo."

(…)

"Conseguiu entrevistar o novo candidato, Osmundo?"

"Perfeitamente, Doutor Gualtemo."

"E que tal lhe pareceu?"

"Só tenho elogios, senhor. Uma excelente dicção. Boa pronúncia de palavras complexas, uma sintaxe bem estruturada."

"Revelou dotes literários?"

"Sem dúvidas, senhor."

"Prática?"

"Temo ser esse seu ponto fraco. Apenas ajudou a mãe a lavar a louça e a arrumar as camas. Mas se percebe que é pessoa muito asseada e disciplinada. Será um orgulho de nossa parte tê-lo entre os nossos.

"Muito bom, Osmundo. Leve as mudas de cevadinha e plante-as na casa de Horticultura. Ah, esse novo rapaz, verifique se ele tem qualidades para o Canto Orfeônico."

"É barítono."

"Muito bom. Começaremos os ensaios na própria sexta, às dezassete e trinta e cinco. Seremos pontuais e cumpridores de nossa obrigação. O lar de Velhinhas Santa Úrsula orgulhar-se-á de ouvir uma apresentação tão supimpa."

"Por certo, por certo. Mais uma novidade, Doutor Gualtemo: Dona de Lourdes aceitou seu convite para reger o coral."

"Excelente, Osmundo. Somente falta você me dizer que a Senhorita Daniela Mosqueira entrará para nosso convívio."

"Temo não estar à altura de minhas obrigações, senhor. Estou na expectativa de que o senhor mesmo elabore nova missiva, convidando-a."

Consertando o Conversor

Para Maria Helena

I

Ao lado de Anselmo, Archimedes tentava de toda forma consertar o alternador de apoio provisório.

"Acredito que não seja um simples problema de manutenção. A linha vertical junto do parafuso introspectivo parece conter uma rachadura de mitocôndrios…"

"E se tentássemos substituir o indicador de plasma por um conversor multiforme?"

"Mas assim haveria reversão no obturador bifásico."

"Você tem razão, mas o setor oblíquo da máquina nunca foi operado."

"A gente não está arriscando muito? É melhor enfrentar a questão honestamente."

"Faz o seguinte, então, Archimedes. Já que vai ao Centro, aproveita para comprar o obnulador oblíquo-magnético para o rotor. Enquanto isso, eu deixo a máquina em condições mínimas de funcionamento."

"Gente, gente, pode ir limpando as mesas, que Doutor Gualtemo vai chegar logo depois do almoço."

"Mas seu retorno não estava previsto para segunda-feira?"

"Como o contrato foi fechado mais depressa, ele pediu para Gertrudes antecipar sua volta."

II

Ágata mediu duas vezes a cozinha. Comprimento: três metros e trinta. Largura: dois metros e oitenta. Altura: dous metros e quarenta e cinco.

A seguir, foi até a mesa da copa, abriu sua agenda de capa cinza, a menor, que costumava levar ao trabalho e sempre voltava a casa, para que ela melhor se ocupasse das tarefas interrompidas na empresa. Sentou-se à mesa de porcelana, abriu a agenda de napa, respirou três vezes firme, tomou dois comprimidos de Gardenal, para então iniciar sua tarefa, com letra minuciosa. Mas seu pensamento flutuava longe. Como tiraria a mancha de tomate da manga da camisa do marido? Pensava em usar duas porções de *Ajax*, misturadas a uma de *Omo* líquido e um comprimido de *Eno*. Nancy já tinha experimentado a fórmula... e batata! Nesse precioso momento, quando estava mais concentrada, chegou o marido. Respirava com dificuldade, o terno parecia muito amassado. Sobre o ombro direito, penso, carregava um grande embrulho cilíndrico.

"Que diabo é isso, Anselmo?"

"Umas peças do Amplificador Metatemporal que será testado amanhã pelo Doutor Gualtemo. É o obnulador oblíquo-magnético."

"Para que serve?"

"Quando as peças estão sendo fabricadas, sempre há alguma falha ou, no caso de pretender-se mudança, pode-se perder um grande lote. O Amplificador Metatemporal reverte o processo, devolvendo-o às etapas primárias, de sorte que é possível fazer as devidas alterações sem grandes perdas, a não ser a eletricidade exigida pela máquina."

"E por que você teve de trazer essa peça para cá?"

"O Doutor Gualtemo faz questão de que amanhã iniciemos o processo às 07h02, quando os raios translatitudinais estarão de viés com os intercorrespondentes."

"Já testaram essa peça?"

"Foi por isso que trouxe para casa."

"Você está maluco? E se houver uma erosão do sobrepasso?"

"Fique tranquila: trouxe também duas molas sinoidais de correspondência múltipla, cuja ascendência periódica, devido aos eflúvios espaço-temporais, cria campos elétricos equivalentes. De sorte que, assim, estamos todos nós assegurados."

"Você sempre pensa em tudo, Anselmo. Você poderia, depois, me ajudar em um cálculo aqui na cozinha?"

"Por certo, meu bem. Para você, faço tudo."

III

"Já são quase sete horas e nada do Anselmo. O que se passa, afinal? Já telefonaram para a casa dele?"

"Pela terceira vez" – dizia Cecília Antônia –, "mas ninguém atende."

Andrade e Cecílio Otoniel foram até o canto, puxados por Marcondes:

"Estou achando esquisito esse atraso. Eu aconselhei o Anselmo a não tocar na peça. Mas ele insistia em que ela deveria ser testada."

O sol ainda não era forte; algumas sombras já se estendiam sobre o pátio, verificando a suavidade do eixo.

–"Por acaso ele teve a ideia de colocar Butasol nos eixos paralelos?" – perguntou Andrade.

"Ele não seria tão burro em fazer isso… Ou seria? As experiências russas mostraram que as pessoas que adotam esse

37

caminho ficam com flebite, mal de Alzheimer, dermatite seborreica e dores dorsais."

"E o que o senhor recomenda, caso ele tenha feito a experiência?"

"Três miligramas de astatine diluídos em óleo de cânula transgênico."

"Marcondes, veja para mim que ponto negro é esse no céu!"

"Meu Deus, parece que é o Anselmo trazendo o obnulador oblíquo-magnético! Mas sua face está tão diferente. Será que aconteceu alguma coisa com ele?"

Camelo

Tudo começou com um telefonema inesperado:

"O senhor não quer comprar uma rifa de um camelo?"

"Como?"

"É, de um camelo. Nós, da Paróquia de Santa Úrsula, vamos sortear um camelo."

Ia dizer não, mas os olhos da imagem de Santa Úrsula, que temos na sala de casa, me olharam, me fizeram mudar de opinião. Comprei duas.

Deu camelo na cabeça.

Quando o camelo chegou, a casa ficou cercada de vizinhos, crianças e curiosos. Na verdade, não era um camelo, mas um dromedário, às vezes simpático, às vezes não, que gastava seu tempo ruminando a respeito da vida e da má sorte dos homens. Não gostava de ser contrariado. Cuspia na cara das pessoas, quando isso acontecia.

Conversei seriamente com o camelo a respeito desse mau costume de cuspir sem cerimônia dentro de casa e ele assentiu. Não cuspiria mais. Assim foi, mas passou a arrotar e peidar de uma forma absolutamente despudorada, que nos causava constrangimento quando havia visitas.

"Uma coisa ou outra. Você quer que eu volte a cuspir?"

Concordei com ele.

Um dia, com o nascimento de meu primeiro neto, fiquei extremamente contente. Ofereci um charuto ao camelo e convidei-o à sala, para fumar e beber. Na rua, havia um grupo de curiosos a que se somavam os diversos visitantes. A casa ficou cheia de flores, apitos e chocalhos. No ambiente solene da sala, conversávamos, discorrendo sobre importantes questões.

"Veja, senhor camelo" – era o Orestes, o sapateiro, que dizia isso –, "nosso time é prejudicado por essa caterva de juízes despreparados. Não sabem apitar um jogo."

"Quem sabe a dificuldade está nos senhores, que só confiam na sorte, quando lhes é favorável?"

"Não é que seu Camelo tem razão?" – era Dona Mariquinhas Papa-hóstias, que se manifestava pela quarta vez. – "Olha, inclusive um dia desses, quando fui arranjar o altar do Divino com a Iracleides…" E continuou uma longa estória, somente interrompida por um oportuno arroto do Camelo.

"Não acreditam na sorte, observou o camelo mais uma vez, porque não sabem em quem acreditar. E não é porque vocês têm uma concepção clara da vida, mas porque acreditam no último palpite que lhes vem à cabeça. O sabor da novidade os faz pensar que aquilo é a realidade suprema."

Alguns visitantes de última hora, que perguntavam se a criança puxara o pai ou a mãe, me obrigaram a um esforço surpreendente de memória para atinar com a pergunta. As sobrancelhas eram de Lúcia, certamente, mas as orelhas de Maurício. Era o que gostaria de ter-lhes dito, mas disse qualquer outra coisa e o camelo quedou-se quieto, sem dizer palavras, fazendo um grande esforço para acabar seu charuto.

Pensão de Dona Lúcia

Não foi uma noite em que eu tivesse dormido profundamente. A pensão de Dona Lúcia não era um local ideal de descanso, com seus janelões voltados para a Avenida da Liberdade. Depois da sala de entrada, havia uma sala agradável, com quatro sofás grandes e alguns outros de um só lugar, com pequenas mesas cobertas por toalhas de crochê, sobre as quais vasos de samambaia e azaleias descansavam. Cobriam a parede fotos de familiares e de cidadãos importantes, ao lado de quadros com naturezas mortas e cena de caça. De vez em quando, Dona Lúcia oferecia uma breve narrativa a respeito de uma foto ou de um bibelô. Nostálgica, deixava que as palavras fluíssem de seus lábios ressecados que, um dia, receberam um ósculo apaixonado de uma grande figura persa, cujo nome ela não declinava, pois fora um romance proibido...

"Eu era menina, mal compreendia o mundo e, ele, com sua longa capa bordô, fazia-me a corte. Dizia que, se eu quisesse, seu palácio às margens do Adriático, estava à disposição de minha família."

"E o beijo, quando aconteceu?"

"Não seja inconveniente, Eduardo!" – cortava Arlete sonhadora. Mas seu sonho durava pouco. Logo Neide, a galinha, voava sobre seu regaço e bicava os grãos de milho que a moça trazia à mão.

"Você e essa galinha, menina. Não vê que esse bicho traz piolho!"

"Essa galinha me dá sorte! Foi com ela que conheci Anselmo."

Bem, Anselmo era assunto para outro dia. No momento, ouvíamos, pela sexta ou oitava vez, o episódio da grande figura persa.

"Lembro muito bem daquela noite. O Senhor Ademar de Barros nos honrava com sua presença. Sempre galante, beijou-me a mão e me sussurrou palavras afetuosas."

"Dona Lúcia, o alho acabou."

"Já resolvo isso, Evandra."

Resolve? Revolve nada. A gente estava comendo mal. Parece que a decadência dos Mascarenhas de Campos ia de mal a pior. O bife estava intolerável e a cozinheira transmitia para os alimentos os salários não recebidos e os beijos não dados por Claudinei, que fazia a ronda na rua.

Pus um pedacinho de queijo no colo. A gata Nini pulou nas minhas pernas, mascou o queijo e depois se aboletou, não sem, antes, cravar as unhas nas minhas coxas e ronronar, a ponto de incomodar a galinha.

"Lá vem você com essa gata nojenta!"

"Mas é uma gata nojenta simpática."

Disse isso e despedi-me das pessoas na sala. Tomei o bonde, com Nini pendurada nas minhas calças e a galinha bicando-me os tornozelos. Sentei-me ao lado do conde persa. Ele fumava um narguilé. Sentia-se à vontade no banco mal envernizado, coberto por sua capa de veludo, que apresentava hábeis remendos amarelados. Sorria um sorriso triste, apresentando pontos escuros onde, antes, haveria um ou dois dentes. Quando chegou o ponto atrás da Sé, ele desceu. Não estava só, havia uma corte. À frente dele, um criado com libré amarrotada e coberto com um chapéu de três pontas. Atrás, seguiam Dona Neide e Arlete, vaporizando lança-perfumes sobre o conde. O trânsito, absolutamente engarrafado, na Praça João Mendes me permitia contemplar a cena. O cortejo parou por um momento. Dois outros criados, malvestidos como o primeiro, traziam um tamborete e velas grossas. O conde sentou-se e começou um conserto para piano. Tocava Mendehlsson, uma das *Canções sem Palavras*. Dois vasos com copos de leite vibravam a cada nota, dando um tom fantasmagórico à noite.

Ao final do conserto, um dos criados veio com uma bandeja de prata. Nela havia um prato coberto com um lenço rendado. O conde ergueu-o e contemplou seu conteúdo admirado. Era uma orelha, um pouco maior que uma orelha comum, mas era uma orelha humana. O ocorrido reverberou em minha memória. A orelha era responsável pela a ida da mulher de Anselmo para a Ilha das Flores. Parece que a moça desapareceu numa noite em que o casal ia ao cinema.

"Agradecemos ao emérito pianista Abas Pacha Hilmi que, com suas mãos habilidosas, nos trouxe o som angelical de Mendehlsson. E agora, atendendo a um pedido especial da Senhorita Lúcia Mascarenhas de Campos, o Conde Abas Pacha Hilmi executará uma peça do imortal Beethoven…"

E os sons encheram a sala, deixando quietas a galinha e a gata, que ocupavam o sofá próximo ao piano. Ademar de Barros sorria aparvalhado, secando os cantos da boca, que teimavam em permanecer úmidos. De vez em quando, coçava habilmente o osso parietal direito numa zona, onde antes havia uma orelha.

"Quando vai chegando a Semana Santa piora. A boca, então, nem falar posso. Muitas aftas."

"O senhor deve diminuir a pimenta e não pode exagerar no amendoim."

Ademar tirou o fraque. Grandes manchas escuras se espalhavam sob os braços. Gotas de suor escapavam das dobras do pescoço. O conde Hilmi puxou-o pelo cotovelo, fê-lo sentar-se a seu lado direito e ambos começaram a executar *O Bife*.

"Os senhores não podem continuar. Estão contrariando uma norma municipal. Deixe-me ver, a Lei 214 de 18 de novembro de 1928, que proíbe manifestações sonoras, sem alvará, em lugares públicos de grande afluxo de pedestres."

"Mas se trata de um grande pianista persa."

"Normas municipais não se sujeitam às conveniências casuais."

Tivemos que parar o bonde e, num grande mutirão, colocamos o piano na calçada. Um galo cantou. Consultei o relógio. Era quase manhã. A gata ronronava, ainda presa às minhas pernas. A galinha, mantendo-se somente sobre um pé, ainda vivia. Seu corpo inflava e soltava o ar, com algum tremor.

Dona Lúcia deu um suave beijo na testa do Conde Hilmi, apertou o laço do roupão e deixou a sala. Os primeiro raios do sol vararam o vidro fosco.

Leia a Bíblia

"Vocês se lembram do exemplo da *Coca-Cola*? Já sei que tenho de repetir. Vamos lá: várias pessoas numa sala de projeção assistem a um documentário qualquer. Sabe-se que, no cinema, o olho humano é submetido a 24 fotos por segundo e que, a essa velocidade, o olho tem a ilusão do movimento, e essa é a graça do cinema. Repentinamente, do nada, apenas uma foto, entre as 24, traz uma mensagem diferente; no caso, 'Beba *Coca-Cola*'. Ninguém se dá conta do acontecido, porque é justamente pelo envolvimento da velocidade, com que os slides são oferecidos, que vem a ilusão. No intervalo, abrem-se as portas para a sala do saguão, onde se oferecem muitas e muitas garrafas de *Coca-Cola*. Naquele momento, todo mundo sente uma sede imensa e aceita com prazer a oferta do refrigerante."

Confesso que saí muito impressionado E não só dessa aula. Impressionado mesmo. A professora Lourdinhas caprichara em sua exposição. Fulgêncio me procurou, para fazer o trabalho bimestral. Ele tinha ideia de fazer algo bem espalhafatoso. Por exemplo: cinco porcos magros param num restaurante de beira de estrada e pedem uma costelinha bem assada. Eles comem ansiosos, a câmera focaliza sua boca mastigando a carne. E aí vem a mensagem: "carne de porco, por si, só não engorda. Tenha bons hábitos alimentares".

Considerei a ideia boa, mas achei o anúncio nojento. Entretanto, quem conhece Fulgêncio sabe que não há quem o convença de coisa alguma. Berenice disse que, para ela, estava bem, mas sentia falta de uma palavra religiosa. Pediu licença, retirou um grosso volume de sua pequena bolsa. "Fiquem aí, fiquem aí", disse ela com uma voz delicada. Vi um minúsculo rabo escuro, mas pensei ter fantasiado; a

lgum fiapo da bolsa, quem sabe... Abriu então o livro e disse melosamente:

> *"Cantarei a bondade e a justiça*
> *A vós, Senhor, salmodiarei..."* [1]

Friamente Fulgêncio disse:

"Bem, e daí?"

"Como "e daí"? Você não percebe que, com a palavra do Senhor, tudo fica mais fácil?"

"Eu me pergunto se você não gostou do que eu propus e se está considerando uma nova possibilidade?"

"Paul Ricoeur diz que 'A neo-retórica, explorando a fenda operada por Roman Jakobson, procura elevar-se a uma meditação sobre a *visibilidade* e a *espacialidade* da figura[2]."

"Bom, e daí?"

"E daí que, as palavras de um teórico não são o bastante para que compreendamos toda a natureza de Deus, mas ao passo que, se formos suficientemente humildes e cordatos, teremos de Deus o apoio e o sucesso – na verdade, o sucesso de Deus – também será nosso!"

Foi aí que ousei intervir:

"Você espera que, ao chegar ao restaurante de beira de estrada, os porcos carreguem bolsas como essa que você carrega e tirem dela uma Bíblia, e leem um fragmento, antes de se lançar ao banquete?"

"Nunca vi algo tão ridículo! Sinceramente, Antenor, você e suas ideias malucas!"

---

[1] Salmo 100, v.1.

[2] *A Metáfora Viva*, p. 226.

"Peraí! Ele não é tão maluco assim. A ideia é boa. Imaginem o quadro: os porcos chegam ao restaurante de beira de estrada, pedem a costelinha de porco e, repentinamente, um deles, o menor, talvez, diz que, antes, eles têm de orar. Abre uma Bíblia escrita em língua porca e recita alguns versículos, por exemplo, "Vai, portanto, e assim lhe fala: Eis o que diz o Senhor, Deus de Israel: uma vasilha é destinada a ser enchida de vinho…"[1]

"Bom, e daí?" – Vociferou Berenice.

"E daí que a propaganda não é de carne de porco, mas de Bíblias!"

"É! Não está mal. Quem sabe se adirmos um hino religioso no fundo o texto não ficaria mais adequado?"

*

Na semana seguinte, apresentamos o trabalho. Antes, veio o Neudo com seu grupo. Seu filme era sobre uma moça muito bonita, descendo do ônibus, numa parada deserta. Ela ouve passos atrás de si. Naturalmente, quando olha para trás, ninguém aparece. A moça força o passo, tentando ser mais rápida. Porém, quem vem atrás parece ser muito mais rápido e a alcança. A moça é jogada no chão, suas vestes são rasgadas. Suas roupas íntimas aparecem…

"Peraí, menina. Isso que você está usando, nem minha mãe usava…"

"Meu dinheiro é pouco, tenho tantas coisas a pagar."

"Mas tu devia usar alguma coisa mais decente, não?"

"Me desculpe."

Aí vem uma mensagem em off: "Há momentos, em que você não tem como esconder suas falhas. Esteja sempre preparada: Cupido pode aparecer, quando menos se espera! Use calcinhas e soutiens Inácia de Bourbon."

---

[1] Jeremias, 13, 12.

A professora Lourdinhas fez um ou dois comentários desagradáveis.

"Ela nunca está contente. Ela não tinha dito para a gente usar o tutano? Ninguém imagina o trabalho que deu convencer a Débora a deixar rasgar a melhor saia dela!"

"Qual é próximo grupo? Ah! Berenice, Fulgêncio e Antenor. Vamos ver o que vocês aprontaram desta vez!"

Fizemos a apresentação do porco e foi um sucesso total! Algumas meninas da classe chegaram a chorar de verdade, tocadas pelo espírito sacrossanto de nossa propaganda. Melhor, a gente não sabia que tinha uma professora tão religiosa. Pois, mal começou a propaganda, ela fez uma cara muito feia. Depois, quando o porquinho começa a orar, antes de comer, ela ficou contrita e disse:

"Meninos, só posso dar dez!"

Pelo Interesse Público

Depois de ficar duas horas na fila do dentista, desisti e voltei para casa. Ainda tinha dúvidas quanto ao projeto, entretanto, nossa pátria precisava de auxílio. Mas o auxílio tem limites, não? Depois de duas horas, a fila pouco se mexeu, resolvi ir embora. A pé, já imaginem, que a crise comeu os ônibus. Fui pisando, com cuidado, evitando as calçadas esburacadas, e torcendo para que a molecada do rapa não resolvesse agir nessa noite. Tive sorte. Um pouco mais das oito e meia, estava em casa. Sou um cidadão respeitável, tenho muito trabalho a fazer.

Quando liguei a TV, percebi que o problema não fora somente no consultório daquele dentista.

"Mas essa solução não privilegia principalmente os dentistas?"

"Ninguém trabalha de graça."

"Até aí, concordo. Entretanto, a proposta de V. Exma. é apenas uma teoria."

"Teoria? Como o senhor ousa? Considere encerrada esta entrevista."

O entrevistador tentou alinhar algumas desculpas. Houve um corte e veio uma sequência de propagandas mais tolas. "Você também pode ajudar. Faça alguma doação pelo seu país". "Véus e lenços? Apareça na loja da Neide". "Rodrigo vai se casar. Lúcia vai se casar. Cidinha vai se casar. E o enxoval, onde comprar? Nas Lojas da Marly!" Meu Deus, pensei, quanta pobreza. Antigamente era melhor. Mas antigamente... quando?

O gato entrou na sala com o maxilar frouxo, e um miado

dolorido. Abri-lhe a boca. "Até com os animais", pensei, pois ele estava sem os dois caninos.

"Minha filha, o que aconteceu com o gato?"

"Todos têm de participar, pai. É uma campanha nacional."

"Mas gato nem tem travesseiro!"

"Pus os caninos dele debaixo do meu. E, oh! Arranquei também meu canino!"

"Logo o canino, minha filha!"

"Vale mais, não?"

A propaganda se arrastava na TV. Mudei de canal.

"A Associação das Idosas Desempregadas estava aborrecida com o tratamento que suas associadas vêm recebendo. E então, Dona Edite?"

"Não se pode mais sair à rua, enquanto durar a campanha."

"Que dificuldade a senhora encontra?

"Somos ridicularizadas, chamadas de oportunistas, negociadoras de marfim, e uma porção de coisa mais."

"Mas não há uma razão específica?"

"Bem, a Cecília Aparecida esteve naquele papel na TV, incentivando a campanha, mas era uma decisão pessoal, um bico que ela fez. Não foi uma decisão da Associação."

Uma gritaria repentina surgiu na rua. Olhei pela janela e vi um grupo de umas vinte pessoas vociferando, carregando uma grande faixa. Andavam pelo meio da rua, às vezes, invadindo as calçadas, para chutar as latas de lixo, gritando palavras de ordem:

"É tudo uma farsa. Não tem dinheiro nenhum debaixo do travesseiro".

Fiquei em dúvidas a respeito do resultado. Os cidadãos de bem estavam colaborando. Mas, se a Fada do Dente não viesse, tudo seria em vão.

A Supermosca:
origem da heroína empática

Daniela, por sua leveza e simpatia, imaginava-se uma fada. Brincava com a fantasia e surpreendia a si mesma cantando *The Power of Music*. Imaginava-se uma perfeita Noviça Rebelde, ao lado de seu militar encantado, que nem era um sapo, mas um jacaré na flor da idade, com belos dentes, sorrindo a toda gente.

"Daniela Mosqueira! Pode-me dizer o que estava eu a falar?" – perguntava, com um sorriso maroto, o professor Miltília (seu nome extraordinário devia-se a uma combinação imprevista de Milton e Cecília).

"O senhor dizia que os torneiros mecânicos sentem o movimento de rotação da Terra de um modo diferenciado, mas equânime e aceitável."

"E por que tal sucede?"

"Tal sucede porque, porque… porque…" (Daniela fazia um esforço tremendo, para chegar à resposta, que teimava em ficar escondida).

"Porque seus movimentos de trabalho criam uma força contrária ao movimento de rotação, não é assim?"

"Bom, de acordo com o teorema de Saquarema…"

"Saquarema dimensionou apenas uma hipótese. A senhora deveria estar mais atenta. Onde se viu ficar, a todo o momento, de boca aberta dizendo "Ahm, ahm…" O que se pode esperar de uma atitude assim inconveniente? Em boca fechada, não entra mosca. Daqui de onde estou, posso perceber que há três ninhos de mosca na boca da senhorita."

"Finalmente acontecera!" – pensou Daniela. Desde que lera a história da *Pulga Rajada e o Invertebrado* nascera essa preocupação. Foi até um espelho e verificou: sim, ali estavam entre seus dentes molares, os três ninhos de moscas que o professor havia mencionado. "Meu Deus, o que fazer? Vou tirar-lhes todo o oxigênio" – pensou ela maldosamente e tentou fechar a boca. Mas a boca não fechava, porque não mais lhe obedecia de imediato. Desesperada, subiu no alto do prédio da escola e atirou-se. Entretanto, ao invés de ocorrer o "Plaft!" habitual dos suicidas, ouviu-se o ruído de uma mosca em pleno verão; e eis que a menina pousou suavemente na calçada, para, logo a seguir, alçar nova investida, não sem antes arrancar a peruca mal penteada do professor Miltília.

"O senhor fica bem melhor, sem essa peruca ensebada!" – comentavam todos os alunos. E assim se fizera o primeiro ato nobre da Supermosca, a nova heroína de Santa Bárbara. Foi então voando pela cidade, seguindo o movimento tranquilo das asas de mosca, que repentinamente surgiram sobre suas delicadas espáduas. Viu, logo adiante, um ladrão entrando pela janela da *Confecção Download, a Calcinha da Mulher Moderna.*

"O que está o senhor fazendo com essa máscara, essa lanterna, essas chaves de fenda na mão, no escritório das *Calcinhas Download, a Calcinha da Mulher Moderna*?"

"... que todos os homens desejam baixar, mas que permanece firme, em seu corpo bem cinzelado..."

"Conheço a propaganda, Edinílton!"

"Puxa, a máscara não escondeu bem meu rosto! Minha mamã fê-la com tanto carinho..."

"Ficou boa, Edinílton. Mas quem pode escapar de meus olhos tão argutos e perspicazes?"

Realmente não se podia escapar a tais olhos. Mas um vento repentino tirou Daniela dos conflitos psicológicos com que se defrontava e lançou-a vis-à-vis as Abóboras Gigantes. Sem nenhum sorriso, para suavizar-lhe os rostos tensos, elas tendiam suas garras contra as portas e janelas da Mecânica São Januário, a única que produz as panelas e cobertores de que você precisa, para enfrentar este precioso inverno de primavera. Não é assim que ouvira no rádio? Preocupada com a justeza das palavras, a Supermosca não reparou nem no movimento brusco dos tornos, para inverter o movimento de rotação da Terra, modo de impedir a entrada das terríveis Abóboras Gigantes, fato que a desconcentrou um pouco, nem no movimento brusco de uma das patas da Abóbora Gigante mais próxima, que bateu fortemente no maxilar da heroína, Daniela forçando-a a permanecer de boca fechada. E assim, transformada em personagem comum, caía de grande altura.

Repentinamente, sentiu um grande vazio, e, ao mesmo tempo, um hálito horroroso. Abriu os olhos e percebeu que o jacaré à sua esquerda roncava de boca aberta.

"Não falei para você escovar os dentes, antes de vir para a cama, Oswald!"

"Desculpe-me, Supermosca, é que estava tão cansado..."

Era um hálito pesado, horrível, realmente difícil de suportar. Mas estava em casa, em sua cama acolhedora, e não caindo da janela de um escritório. A aventura era apenas um sonho.

Estava a heroína realmente em casa, mas sua aventura não fora um sonho. Isso o professor Miltília poderia facilmente prová-lo, admirando o brilho de sua lustrosa careca, que prontamente ensebara com cera de abelha, alho da Capadócia, e três gotas de sulfato de cobre, a que acrescentara, por sua própria conta, desatento aos conselhos sábios da mãe, pimenta malagueta, pó de osso e fenóis de Albuquerque, apesar dos esforços dos torneiros mecânicos em contrariá-lo. Apenas Deus saberia a que resultados terríveis se podem chegar com uma receita heterodoxa dessa natureza.

III

Experimentos

Comemoração
da Puberdade de Marisa

Para Márcio

No portão da escola, o cartaz: "Hoje haverá comemoração da puberdade de Marisa Soarez".

"Quem é ela?"

"Aquela menina da 7ª B."

Dentro, tinham construído um palanque, semelhante aos que montam para os comícios das eleições. A gurizada o cercava e, em torno desses que estavam parados à volta, o resto corria em bandos muito excitados, levantando pó. Havia uma escadinha de cinco degraus. Em cima, perto dessa escada, Marisa parecia estar sorrindo, mas um sorriso sério, há muito preparado. Vestia uma roupa rosa de musselina, cheia de brilhos. Trazia sapatos de salto, sem fivelas e, nas mãos enluvadas, segurava uma bolsinha mínima, elaborada com o mesmo tecido do vestido. De onde a gente estava, não dava para perceber bem, mas parecia estar usando meias de seda. Quase encostando em seu pé, uma caixa de papelão, dessas comuns. Mais no alto, uma faixa dizia "Hoje estamos comemorando a puberdade de Marisa Soares. Muito obrigado pela sua presença". No outro canto do palanque, numa mesa baixa, Doutor Sepúlveda, nosso diretor, o Doutor Celso Cintra, da Secretaria de Negócios do Estado e Ricardo Siqueira, Gerente do Banco Municipal, trocavam cartas, utilizando um baralho muito vistoso. Os três sorriam ao mesmo tempo, como se estivessem comemorando alguma coisa entre amigos e não disputando uma partida de voltarete.

De quando em quando, um servente trazia e servia água para cada um dos participantes do jogo. O sol escaldante obrigava-os a permanecer de chapéu, que eles tiravam amiúde, para passar um lenço no alto da testa.

"Acho que eu vou ver o que tem na caixa."

"É melhor você ficar quieto. O Doutor Sepúlveda pode não gostar."

"Mas eu quero ver."

Era o gordo Chibungo, Osmúsio, filho do Doutor Delgado, o delegado, e ia empurrando quem estava à frente, quase sem pedir licença.

"Sai, sai, sai" – ia ele gritando com sua boca cheia de mau hálito. Quando chegou ao palanque, mal subiu três degraus e se atirou à caixa.

"O que estás a fazer aqui, moleque safado. Safa-te, pulha, safardana, toleirão!"

Era o Doutor Sepúlveda que, com um chute forte, expulsava o gordo, atingindo-o nas nádegas. Depois, passou o lenço sobre a bochecha e a testa suadas, fez um breve cumprimento de chapéu à Marisa e logo voltou à mesa de jogo.

Fui com dois amigos comer uma queixada e, dali, participamos de um jogo de salva muito legal. Quem ganhou foi a turma do Macaco, que corre muito.

Voltei novamente, bem perto de Marisa. O sol já não era tão forte; algumas sombras se estendiam sobre o pátio. À volta do palanque, diminuíra o número de meninos. Os três parceiros ainda jogavam, como se aquele fosse o mesmo jogo de princípio. Marcavam-lhe as axilas nódoas de suor. De vez em quando, um deles rosnava alguma coisa, palavras impossíveis de se ouvir.

Marisa Soares mantinha a mesma imobilidade. Tinha trocado a posição do pé esquerdo, que agora estava à frente.

Mantinha ainda um meio sorriso, completamente indiferente à algazarra da criançada, que brincava de vários jogos por ali mesmo, fazendo muito barulho e levantando pó. Dava a impressão de que poderia chorar a qualquer momento. A caixa continuava ali, fechada, mas coberta com o pó que o vento tinha levantado.

Resolvi partir, porque podia perder a sessão das sete e meia. Minha mãe não ia me deixar sair, sem banho. Voltei ao mesmo lugar na segunda-feira, um pouco antes de minha aula começar. O palanque permanecia no mesmo lugar, mas era apenas uma armação de tábuas – sem nenhum sinal de Marisa, que não vi, no pátio, naquele dia nem nos seguintes. Não vi também nem a caixa, nem a mesa que fora usada para o jogo de baralho. A sua volta, a meninada jogava seus jogos costumeiros. Apenas o gordo Chibungo passeava de um lado para o outro, fazendo grandes gestos e ameaças.

Cotas São

Cotas são meninas cheias de trejeitos a se oferecerem a meninos gananciosos, de preferência nas praias, onde o sol arda nas lantejoulas floridas dos grãos de areia.

"Por favor, cota, quanto custa?"

"Nem vem que não tem! Olha que eu chamo meu pai."

"Hun, já vi que a cotação está alta. E em dólar?"

"Em dólar, já dá pra conversar. Você vem muito a esta praia?"

Sic transit gloria mundi!

Quando se faz cotação, a gente tem de ser maneiro, reparar nos percalços das minas.

Quando uma cota não está sozinha, mas se faz acompanhar de outra, o preço é mais caro, e a cota de companhia se chama cocota. Nada como um orçamento coparticipativo!

A cocota se alimenta de pipoca. Para uma cota sozinha, basta uma poca.

Noites de Sapopemba[1]

Para dirimir dúvidas, não o banco, mas o dicionário. Para aproveitar as noites, Sapopemba. É um anuro simpático esse Pemba, avançando pelas ruas a seduzir as mulheres, que o tomam por príncipe, mas que se nega ao beijo fácil. De temperamento sanguíneo e de pulso firme, cavalga um alado supimpa, embaindo a filha do estalajadeiro.

Há quem veja a forca, horizonte último de seu excesso. Interrogado sobre tal eventualidade, ele apenas sorri, deixando ver os dentes brilhantes, levemente maculados pela fumaça ebúrnea do cachimbo.

No crepúsculo loução deita ele a cantoria, acompanhado de grilos, daqueles que não têm bode.

Uma campainha retine súbita. É o leiteiro e o padeiro do mal? Não é apenas o menino, segurando a menina pela mão, lamentando-se das dores no pé, por ter perdido a última condução.

A chuva voraz, se há alguma por perto, tombará sobre todas as cabeças, comunicando que o mundo é maior do que o coração de muita gente, mesmo o cururu que, num peral profundo, geme com hálito de hortelã.

---

[1] Sapopemba é um termo tupi para designar a árvore gameleira.

Perdendo as asas

A borboleta voou da rosa para o cravo, ambos tão perfumados; seguiu para a gardênia, voltou-se para o alcaçuz, passou pela garrafa de vodca. "Não, não convém," pensou. Apesar da suave fragrância de anis que dali vaporava, com mais velocidade seguiu adiante, adejando sobre outras flores, nos ares de mil cores. Dádivas da Primavera breve, na percepção dos velhos; longa espera pela chegada do verão, na compreensão dos moços.

Seguiu em braçadas suaves até a janela aberta, foi em direção do teto, desviou-se da luminária de neon acesa, malgrado já ter surgida a rósea manhã, pousou na cadeira diante do *écran* escuro. Tocou de leve na tecla *on*, e mexeu numa pilha de papéis, carimbos, canetas e formulários.

"Ah!" – fez a borboleta, não sem algum enfado.

Acionadas outras teclas, seguiram-se imagens, cores e números. Pacientemente, roçou outras e outras partes do teclado, enquanto os olhos, minúsculos, escondidos atrás de lentes grossas, verificavam os dados presentes na pilha de documentos.

"Dona Matilde mais uma vez não bateu o ponto, Seu Nogueira."

"Já falei para o Epifânio, Roberval. A gente vai ter de cortar as asas dessa moça."

Febre Amarela

Quando o Frederico de Almeida me chamou em sua sala, sabia que não dava mais par postergar meu voto.

"Você teve mais do que tempo para decidir, não foi assim que combinamos?"

"Sim, é verdade."

"E seu voto?"

"Vou abster-me."

"Dr. Gualtemo não admite abstenções."

"Mas eu admito."

"Nesse caso vou levar a questão a ele. Mais outro ponto: como muitos de nossos funcionários viajam para o interior do país, há um real perigo de transmissão da febre amarela. Passe na Suely que ela vai inteirá-lo dos procedimentos."

Não havia como escapar. Fui até a Suely, que me levou para o Devanir.

"Suspenda a manga de sua camisa, por favor."

Fiz. Mas me surpreendi com dois fatos: primeiro que a vacina contra a febre amarela, cuja aplicação costuma ser rápida, demorou quase meio minuto. Segundo que o processo foi muito doloroso.

Voltei a minha mesa, despachei alguns processos, certifiquei-me das tarefas do dia seguinte e, por serem mais de seis horas, despedi-me dos colegas, apanhei o paletó e segui para a porta. Um pouco antes de deixar o escritório, pareceu-me que Devanir e Frederico cochichavam alguma coisa. Quando lhes dirigi o olhar com um pouco mais de atenção, a conversa entre ambos esfriou e cada um foi para uma direção oposta.

À noite, numa matéria cheia de falhas, os repórteres anunciavam que a proposta do deputado Dr. Gualtemo Sepúlveda de Almeida havia tido uma votação expressiva mais do que a esperada e que o assunto votado seria posto em prática, dentro de dois meses. Alguém, de péssimo humor, desancou contra esse projeto, dizendo que a liberdade de escolha dos indivíduos era garantida pela Constituição Federal e não era um deputadozinho insignificante que ia mudar o curso da história. Como eu já conhecia o projeto e era totalmente contra ele, mudei de canal.

Antes de dormir, procurei tomar algum analgésico porque a dor do local da vacina não tinha melhorado em nada. Durante a noite, num sono agitado, sonhei que nascia um olho na parte posterior do cotovelo e que eu passava a enxergar o que me acontecia pelas costas, fato extraordinário a ocorrer concomitantemente com a visão normal.

No sábado, acordei bem, com exceção da dor contínua no braço esquerdo, e por ter a região da vacina ter adquirido uma cor avermelhada. Pensei em ir ao médico, mas acabei desistindo. Por volta do meio-dia, comi um almoço que eu próprio preparei e, mais tarde, fui assistir a uma partida final de meus ex-colegas de colégio. Tratava-se de um jogo difícil de futebol de salão. No final do primeiro tempo, com o jogo empatado em 1 X 1, o goleiro machucou-se e precisou ser substituído. Não havia ninguém para a função. Então, um colega lembrou que eu já tinha sido goleiro. Tentei recusar, mas meus ex-colegas foram tão convincentes, que acabei aceitando. Coloquei um uniforme amarelo novo, com joelheiras e luvas. Fizeram-me um rápido aquecimento, e, pouco depois, entrei na quadra.

Mal começado o jogo, o ponta direita do time adversário deu uma escapada e chutou fortíssimo, cara a cara, comigo. Estiquei o braço esquerdo, justamente o da vacina, num movimento involuntário e pus para escanteio. Quando alguém lançou a bola na área, para o centroavante cabecear, interferi novamente, de novo com braço esquerdo, e acabei lançando nosso centroavante, que não teve dificuldade em marcar. O jogo permaneceu amarrado, com ataques aqui e ali. O adversário conseguiu fazer mais alguns ataques difíceis, e eu fiz duas defesas primorosas. No finalzinho, nosso time marcou mais um gol e levou a taça. Houve uma festança e mesmo alguns jogadores do time adversário vieram me cumprimentar, dizendo que eu tinha um reflexo surpreendente.

Participei um pouco da festa, tomei alguns chopes, despedi-me dos amigos, que insistiam que eu viesse treinar dali a duas semanas, porque o time tinha alguns compromissos difíceis e eu tinha me mostrado muito eficiente.

Fiquei muito contente com a aventura. E casa, preparei-me para dormir, tomando muito cuidado com o braço, cuja dor estava chegando ao insuportável. Tomei algumas gotas de anestésico e fui para cama.

No domingo, notei que a dor tinha diminuído. O local da vacina perdera o tom avermelhado e adquirira um tom cinza que, no decorrer do dia, passou a dominar o braço inteiro.

Quando fui trabalhar na segunda-feira, achei-me mais disposto do que de costume. Logo, sobre minha mesa, tinha um aviso do Frederico de Almeida: "este lote de vacinas veio diferente; muitas pessoas têm-se queixado de náuseas e de outros sintomas. Por favor, vá ver o Devanir."

Fui. Devanir foi muito solícito: olhou o ponto em que tinha me injetado a vacina, examinou o local com uma lente, chamou Dr. Viriato, pessoa que eu não conhecia até aquele momento.

"O senhor notou se seu braço manifestou algum movimento involuntário?"

Ia dizer não, mas lembrei-me de minha experiência de goleiro. Quando acabei de falar, notei no rosto de Dr. Viriato uma mistura de contentamento, somada à surpresa. Vi que ele fez várias anotações e seguiu diretamente para a mesa de Dr. Gualtemo.

Depois, voltei a meu posto, corrigi alguns papéis e quando fui registar minha assinatura nuns memorandos, notei que o braço esquerdo antecipou-se ao direito e anotou, com absoluta correção, meu nome, com a costumeira letra que eu utilizava ao assinar, bem como inseriu as rubricas em páginas anteriores.

Fique estarrecido: como isso pode estar acontecendo? Mas, mesmo durante esse curto espaço de tempo, enquanto eu me surpreendia com as habilidades do braço esquerdo, ele próprio juntou a documentação, coloco-a numa pasta, segurou o braço da cadeira, para que eu me levantasse e abriu a porta da minha sala, para que eu seguisse para determinadas mesas, em que a documentação deveria ser distribuída.

Durante dois ou três dias, o braço esquerdo tornou a surpreender-me com iniciativas inesperadas. Até ali, tudo bem, eram coisas que eu ia fazer. Entretanto, para minha surpresa, ele passou a assinar alguns documentos que, em minha sã consciência, eu nunca assinaria. Peguei-me comentando com Frederico que as propostas renovadoras, que ele vinha fazendo, já tinham obtido bons resultados e que eu aguardava as outras que lhes dariam continuidade. Frederico agradeceu-me o comentário e deu-me um tapinha nas costas.

Voltei atônito para minha sala. A última coisa que eu queria receber era um afago de Frederico. Mas, ali, estava eu concordando com o cretino e aceitando, com alegria, suas manifestações de contentamento.

Nos dias seguintes, dois fatos incomuns aconteceram:

primeiro foi a perna direita, que começou a tomar atitudes independentemente daquelas que eu pretendia tomar. A seguir, foi o braço direito, que seguiu nessa mesma linha. Pouco depois, outras novidades foram se agregando a essas outras. Comecei a levantar duas horas mais cedo do que costumava fazer. Tive de pedir emprestado uma chave para o Frederico, que fez questão de fazer ele mesmo uma cópia para mim. Assim que a obtive, às seis e meia de toda manhã, entrava no escritório, sentava-se à minha mesa e, pouco depois, começava a elaborar documentos complicados. Fazia duas ou três cópias deles e assinava ora com a mão esquerda, ora com a direita, com nomes que jamais tinha visto na vida e com uma caligrafia, que certamente não era minha. E o mais absurdo: esses documentos iam para o estafeta, que os levava a um cartório e todas as assinaturas eram reconhecidas.

Em princípio, tudo isso parecia ocorrer como um sonho. Os meus colegas de futebol de salão foram me buscar em casa, para jogar. Continuei a fazer defesas incríveis e dar alguns passes com os pés, que dobraram a produção do time. Muita gente dizia que eu era um achado. Depois de seis jogos, em que nosso time tinha marcado vinte e dois gols e não sofrido nenhum, um repórter pediu para que concedêssemos uma entrevista. Meus companheiros disseram que era melhor entrevistar o capitão do time, que saberia explicar melhor. Surpreso, com o novo título, peguei o microfone e ainda não me lembro do que falei. Parece, no entanto, que as pessoas gostaram muito da entrevista e meus colegas se declararam surpresos com meu conhecimento técnico.

No escritório, mudaram-me de posição e puseram-me numa sala grande, logo ao lado do Dr. Gualtemo. Antigos colegas, que sabiam da minha aversão para com o dono do escritório, olhavam-me surpresos. Eu próprio me surpreendi.

Dentro de minha cabeça, uma voz baixinha me avisava para correr dali, que aquilo era uma armadilha, mas a mão esquerda, sempre mais rápida, pegou o microfone que o Dr. Gualtemo me oferecia, depois de sua fala, e eu comecei um discurso cheio de floreados, agradecendo a promoção e fazendo loas à liderança daquele doutor. Num último esforço, tentei deixar a comemoração logo depois de minha fala, entretanto, percebi, com enorme clareza, que meu corpo já não mais me obedecia.

Eliminações (I)

I

Dona Evanildes ergueu o tapetinho de juta, passando o espanador mais grosso por debaixo dele, enquanto entoava uma pequena canção. Era sábado, dia da faxina geral, dia em que se arrependia de sua grande coleção de bibelôs. Mas o arrependimento era passageiro. Logo, entusiasmava-se pela tarefa e fazia-a com grande ardor.

Fez uma pausa brusca, para examinar a bailarina; ela trazia um leque com as sete cores, mas só se ofereciam seis? Teria quebrado ao cair-se? A criada... Não, não havia sinal de queda. A peça estava perfeita. O que teria acontecido com o verde? Sem ele, o adereço não tinha a mesma graça.

Sua reflexão não durou muito, dado que já eram quase dez horas, momento em que Matildes deveria tocar a campainha e logo, em seguida, tocar o teclado de velho marfim de seu meia calda, orgulho da família, orgulho da cidade, que coube a ela, herdeira do único bem do tio compositor, já falecido há dez anos.

"O que você preparou para este sábado, minha doce?"

"O Lago de Como."

"Hum... Vamos lá."

Estava perfeito, menos no trecho final, em que faltava uma nota.

"Perfeito, perfeito, Matildes! Se você continuar assim, será uma pianista excelente! Mas vamos recordar as notas finais".

A menina fez sua parte.

"Falta uma nota, está vendo? E a professora tocou a tecla que faltava."

"Mas eu leio as notas, professora. Não decoro o texto simplesmente."

"Vamos lá. Olhe aqui."

Porém, exatamente esse *aqui* faltava. Não havia, na página impressa, aquela nota a que ela se referia.

No relógio, soavam as onze horas. Dona Evanildes acompanhou a aluna até a porta, entregou-lhe a partitura da "Sonata ao Luar", com algumas recomendações e foi cuidar da vida. Teve a impressão de que sua aluna dera um sorriso de enfado. Mas, olhando-a com atenção, o rosto da menina era indiferente.

Pouco antes dela sair, tocou a campainha. Era o entregador da florista:

"A Dona Alicia pediu desculpas, mas não foi possível ajuntar as doze rosas."

Era o que faltava. Mas colocou as flores num jarro, derramou água açucarada até a metade de seu caule e deixou-as sobre a mesa. Nas mãos suadas, mantinha a lista de miudezas que precisava trazer: duas novas agulhas de crochê, lã rosa, alguns botões que precisavam ser cobertos, com os devidos tecidos, linha branca comum, um metro de tafetá verde, pequenas porções de renda branca...

E saiu.

II

No centro da cidade, Dr. Nogueira fez mais uma das investidas à Dona Evanildes, que habilmente repeliu o falso pretendente. Ele conhecia de cor e salteado a estória do inventário, que nunca chegava ao fim e cuja consistência era realmente admirável: a *Primavera*, uma fazenda de trezentos alqueires, do finado Quincas, tio-avô de Evanildes.

Pouco depois, apareceu o Siqueira:

"Ah, que bom encontrá-la, Dona Evanildes. Tenho uma notícia boa e uma ruim. Qual vai primeiro?"

"A boa."

"O Parreira morreu."

Parreira era um agregado da casa, que causara inúmeros problemas com o inventário, exigindo herança, a que não tinha direito.

"E a má?"

"A viúva e os filhos desapareceram."

"E agora?"

"Sem assinatura deles, a coisa não anda."

"E o que a gente pode fazer, então?"

"Converse com o Moreira, o escrivão do cartório. Ele parece que tem uma proposta para a senhora."

"Mas do Moreira, não posso esperar grande coisa."

"É o que a gente pode tentar fazer pelo momento."

III

Suas prevenções contra o Moreira pareciam fazer muito sentido.

"Tenho uma proposta muito lucrativa para senhora, Dona Evanildes."

"Ah, sim, e que proposta seria essa?"

"A Companhia Melhoramentos está muito interessada na fazenda de seu tio avô. Parece que ela vale em torno de três milhões de cruzeiros."

"Bem, sem a documentação não posso vendê-la."

"Mas, há uma saída. O atual diretor da Companhia Melhoramentos, Dr. Pimentel Rocha, lhe avançaria dez por cento do valor, começaria a tomar conta da fazenda. Quando a senhor conseguisse a documentação oficial, ele pagaria o restante à senhora em vinte quatro meses, menos quinze por cento da comissão de venda."

"E quem me garante o pagamento?"

"Ora, Dona Evanildes, a Cia. Melhoramentos é excelente pagadora."

"E quem vai intermediar essa venda?"

"Este seu humilde servidor."

"Ora, quinze por cento! Que atrevimento, seu Moreira!"

IV

"Lucrécia, estou indo pra missa. Venha comigo!"

"Não vai dar, não, Dona Ivanildes. O Padre Helmut não me deixa entrar na igreja..." E rompeu num choro sentido, correndo pela calçada.

"Não Lucrécia, não faça isso. Eu te ajudo..."

Mas Lucrécia já tinha virado a esquina e Dona Evanildes andou dois quarteirões até a igreja. Na porta, havia um cartaz:

PROIBIDA A ENTRADA DE BISCATES

"Meu Deus" – pensou Dona Ivanildes. "Me esforcei tanto para fazer essa moça mudar de caminho e o padre Helmut põe um cartaz assim, na porta da igreja". Porém, ouvindo as primeiras palavras em latim, ela deixou-se levar pela liturgia, êxtase interrompido apenas pelas palavras finais do padre:

76

"Ite" – e virou as costas indo na direção da sacristia.

Quando deixou seu banco, em direção do padre, foi interrompida por nove meninas, que fizeram uma roda em volta do sacerdote, cantando um hino religioso.

"Ah, muita bonito a hino religioso" – comentou o sacerdote. Levantou a veste roxa, puxou a alva, atrapalhando-se com o cíngulo, e enviou a mão no bolso da batina, tirando oito balas, que jogou para o alto. As meninas abaixaram-se sôfregas para as guloseimas, menos uma, que saiu aos prantos pela lateral da igreja.

"Espera, padre Helmut. Espera."

O padre virou levemente a cabeça, olhando-a com olhos baços. Tinha enfiado novamente a mão no bolso e extraído dali uma cebola, que mastigava com a boca aberta.

"Por que o senhor não completou a frase?"

"Hein?"

"Sim. O senhor deveria ter dito "Ite, missa est". Mas não completou, padre!"

"É" – e uma baba escorreu do canto esquerdo dos lábios. Depois, voltou a cabeça lentamente e seguiu por sacristia, entrando e fechando a porta.

Dona Ivanildes ainda sentiu o cheiro de cebola que exalava da boca do padre. Queria perguntar pelo cartaz, colocado na porta principal, pela situação de Lucrécia, mas não teve ânimo. Fazer o quê? Desalentada, seguiu para casa. Mal deixou a bolsa sobre a mesa, trocou de roupa, ajoelhou-se ao lado da cama e fez suas orações.

Descansou a cabeça confusa no travesseiro, imaginando que ia ser uma longa noite de insônia. Entretanto, dormiu profundamente. E sonhou. No sonho, estava voltando da igreja. Era noite profunda ou madrugada, caminhava sozinha, um pouco receosa por não ver ninguém. Ventava, levantando folhas, e ela sentia muito frio, apesar de bem agasalhada. Um tropeção, pois havia um degrau na calçada, e ela foi ao chão. Quando fez alguns esforços para erguer-se – seria difícil, parecia ter quebrado a perna – apareceu uma luz opaca no céu, que foi aumentando, aumentando até transformar-se em uma figura branca de um anjo.

"Me ajude, meu bom arcanjo Miguel!"

"Não sou o arcanjo Miguel."

"Quem é, então?"

A figura angelical repetiu o trejeito do padre Helmut, com alguma baba escapando do lado esquerdo dos lábios. Ergueu-se, em batidas lentas das asas, virou as costas e foi em direção do céu. Em movimentos espirais, pois lhe faltavam algumas penas da asa esquerda.

Thomas Mann revisitado

A onça pegou-me de jeito, arrancou-me a cabeça e levou
-a para o covil, onde dous olhos brilhavam na escuridão.

"Já não falei que é o resto que importa!"

Uma patada atirou minha cabeça para fora do buraco.
Ela seguiu rolando, até encontrar um pescoço. Peguei-a, colo-
quei-a sobre os ombros. Tentava levantar-me, quando ouvi um
grito:

"Ei, esse corpo é meu.

"Era o Doraci, que praticava halteres."

"Agora é tarde" – pensei e segui para a fazenda.

Eliminações (II)

Mais tarde, Dona Evanildes lamentou a sua sorte. Lamentou mais ainda, porque não conseguiu achar o pé direito de seu chinelo de bronze. Ela gostava tanto daquele chinelo. Pouco depois da meia-noite, acordou com uma luz muito forte que invadia sua veneziana. Colocou um roupão de tule e foi mancando (onde teria ido parar o outro pé?) até a porta da cozinha. Mal a destrancou, o cômodo ficou inteiramente iluminado, e ela foi cercada por um grupo de anões cinzentos.

Tudo ocorreu em silêncio. Dona Evanildes foi embrulhada numa espécie de teia de aranha, que os seres cinza fazia sair da ponta dos dedos. Sua tentativa de protesto não foi ouvida por ninguém, porque sua voz desapareceu completamente, dando lugar a uns trinados, como se fosse um pássaro.

Da viagem, não se recordou de nada, a não ser que se encontrava num ambiente metálico circular, cheio de janelas miúdas. Acordou seminua, dentro de uma casa, que tinha tudo para ser a fazenda de seu tio avô. Mas foi enxotada de lá, pelos novos funcionários do lugar, todos eles com o sobrenome Parreira. Expulsa dali, passou ao lado de um cartaz: *Futuras Instalações da Companhia de Melhoramentos.*

Na cidade, sua casa tinha sido posta à venda. Os funcionários da prefeitura a recolheram no asilo Nosso Lar, onde ela morreu dois meses depois.

Numa página de diário, encontrada mais tarde quando se desfizeram de seus últimos bens pessoais, Dona Evanildes contava, com mais detalhes, sua experiência no disco voador. Dizia o seguinte:

Dois homúnculos bem fortes me seguravam pelos braços e me levaram para sua nave. Não cheguei a passar pela porta; num momento estava fora, noutro, dentro. Encontrei-me numa sala original. De um lado, havia paredes de um metal opaco, quase branco; do outro, não havia nada. Via-se um bosque, com árvores imensas, em cujos galhos saltavam animais que jamais havia visto. Não poderia dizer se era um minibosque dentro da nave, pois as árvores me pareciam colossais. Ali estava amarrada. Fiquei cerca de meia hora até que saltando através das paredes, vieram os anões, entre os quais, alguns membros da família Parreira, conduzidos pelo Moreira, que trazia algumas facas de cozinha. Um dos homúnculos deu uma contraordem, e as facas do Moreira desapareceram. Fazendo um gesto, um dos homúnculos fez sair do chão uma maca, semelhante a essas de hospital. Deitaram-me, com os pulsos e os tornozelos amarrados. Outro homúnculo veio até mim, rasgou minhas vestes e jogou alguma coisa semelhante a milho, sobre meu ventre. Depois, tirou um pássaro multicolorido do bolso e soltou-o. A ave pôs-se a comer cada semente e, no momento em que o fazia, formava-os holograficamente uma imagem de meus órgãos internos. Depois, apareceu outro homúnculo, com um ar mais autoritário. Autoritário para os demais. Para comigo, foi delicado. Tirou-me da mesa operatória, deu-me um longo tecido, para que eu me cobrisse com ele e, do nada, fez surgiu um piano, fazendo um gesto para que eu o tocasse. Experimentei-o, dedilhando algumas teclas. O homúnculo fez um movimento com o braço e em sua mão apareceu um copo com uma liquido alaranjado. Fez sinal imperativo para que eu tomasse. O sabor era diferente de tudo que eu tinha experimentado na vida. Percebia que era fruta, mas não saberia dizer que fruta era. Mal acabado de beber, deu-me uma súbita vontade de tocar piano, o que fiz de imediato. Estranho aquele instrumento. Não dispunha de pedais e, além disso...

Ninguém pôde atinar com a sequência do relato. Um dos dados mais absurdos era terem estado entre os homúnculos o Moreira e os Parreira. Consultados, eles negaram cabalmente a participação naquela aventura.

"Dona Evanildes estava ficando aloprada", comentou o Moreira. "Foi-lhe oferecido um negócio muito bom para resolver a questão da fazenda e ela simplesmente recusou."

"É sempre muito difícil descobrir o que realmente se passou com Dona Evanildes", comentou um dos homúnculos, quando entrevistado por um repórter *d'A Gazetta de Ararupes*. "Por exemplo, ela entrou no disco voador porque quis. Ninguém a forçou a nada. Depois, assim que voltou a sua casa, a primeira coisa que fez foi vender a fazenda a que teria direito para um tal de Moreira, por apenas trinta reais. Finalmente, sentindo-se explorada, tentou readquirir seu antigo bem à força, invadindo a sede da *Primavera*. Nós, da Sociedade dos Homúnculos, conversamos com ela, e a aconselhamos a esquecer o passado. Mas já era tarde. A velha senhora parecia muito transtornada."

"Mas você não pôde fazer nada por ela? Ela parecia tão chegada a sua pessoa?"

"Não pude fazer nada. A última vez que a vi, ela estava doutro lado do espelho."

"Do outro lado do espelho? Ah, sem essa!"

"Não! é verdade! Foi assim: naquele dia cheguei a casa bem tarde. Tivera que fazer um reparo em duas máquinas e o esforço exaurira minhas forças. Quando me preparava para o banho, ouvi tocarem piano, uma melodia agradabilíssima. Procurei pela origem do som e fui descobrir que vinha do espelho.

"Do espelho? Você está doido! Seu espelho é áfono." – comentou o Moreira "Pode até ser, mas o som vinha realmente do espelho. Logicamente, quando o contemplei, minha imagem ficou à minha frente. Fazendo uso de outro, pude observar o que se passava às minhas costas. Ali estava ela que, ao me ver, deixou o piano e veio correndo me pedir... me pedir, não, me exigir que eu a tirasse dali. Naquele tempo eu não tinha em mãos a tecnologia de agora. Usei a máquina de dessincronizar. Era tudo o que poderia fazer. Dona Evanildes foi diminuindo, diminuindo de tamanho e desapareceu na minha frente. Fiquei preocupado em não poder sair do espelho também. Porém meu pé tinha ficado do lado do observador. Procurei me apossar de meu corpo, desfazendo-me das roupas e fui ao banho. Aquele tinha sido um dia muito cansativo".

Faca de dois gomos

Para o Pedro

1.º Gomo

O boteco era sujo, desses de cidade pequena, com balcão de tábua, algumas mesinhas espalhadas num espaço coberto por lona, que caía nas laterais sobre os restos de paredes. Chão de terra; pó nos dias mais secos, lama na maior parte do tempo. O perigo é sempre a chuva, mas sem vento, monótona, abafada, como o ar, para a vida de um lugar como aquele, relativamente próximo de Marabá, a que se comunicava somente através de barca. Fiquei observando os tipos que havia ali; uns matutos metidos a espertos, falando de vendas de bugigangas, de pesca, o atraso de uma barca que devia ter chegado, há dois dias, e ainda não dera as caras. De vez em quando, um cheiro de mijo dominava o ambiente

"Não, mas tenho este punhal."

O dono do bar rapidamente tirou uma cartucheira de cano cerrado e apontou para peito do recém-chegado.

"Peraí, isso não é assalto, não! Quero vender o punhal."

"Quero eu lá saber de punhal! Ou cê mostra dinheiro, ou não tem bebida, não!"

"Quer comprar?"

O homem ia, de mesa em mesa, oferecendo. As poucas almas penadas do lugar fizeram ouvidos de mercador. Ali, quem desdenhava não queria comprar. O homem seguia passando pelas mesas, oferecendo seu punhal.

"Isso lá é punhal? Isso é somente uma faca-punhal."

"Mas é de dois gumes. Não é uma coisa qualquer. Veja!"
– E jogou a faca para o alto. Como era encurvada, a guisa de armas orientais, seu movimento circular parecia tartamudear, mas caiu sobre a mesa, reta, fazendo o barulho peculiar do aço, quando se fixa rápido na madeira.

Olhei a faca, já vivamente interessado. O punho era penso, como o dos floretes. O couro, que dava conforto à empunhadura, deixava ver a agulha, e nela, sinais de ferrugem. A guarda era formada de um braço de cruz mínimo, que correspondia ao diâmetro de um círculo, e este último, elaborado por metal amarelado, que não consegui reconhecer, trazia várias ranhuras; algumas delas eram originais, outras foram obra de golpes visando a mão que a sustentava. Por fim, a lâmina: percebia-se pelo ruído, que fez ao fincar na mesa, que o aço estava vivo, mas não parecia ser tão vivo assim: em alguns pontos, havia nódoas certamente de uma ferrugem que não tardaria a mostrar-se.

"É, tá feia mesmo. Ando descuidado. Mas se o senhor tiver paciência, passe sumo de limão, seque, e esfregue pó de tijolo nela. Fica uma beleza."

"E onde você conseguiu essa faca-punhal?

2.º Gomo

"No jogo."

E, assim, começou ele a contar sua história pessoal. Era espanhol. Viera ao Brasil há quase vinte anos; por isso, o sotaque havia se diluído, mas aparecia numa conversação mais longa.

Quando jovem, dedicara-se a arruaças e brincadeiras estúpidas, o que levou à morte dois ou três de seus companheiros de desventuras. Seria mais um arruaceiro qualquer, mas, numa noite, depois de algumas horas de jogo, em que os adversários se encharcavam de vinho e ele se guardar, tivera muita sorte e acumulava as moedas dos adversários, que manifestavam um ar desconsolado, entre surpresa e rancor. Na mesa ao lado, sobrara um jogador sóbrio, como ele, mas desalentado pela falta de sorte.

"A noite já está acabando. Teve sorte?"

Mostrou seus punhados de moedas.

"Que tal apostarmos tudo numa última rodada?" – e mostrou-me o punhal como parte de suas apostas.

A lâmina brilhou subitamente, quando alguém mexeu num lampião de querosene. Parecia estar chamando-o. Não pensou duas vezes. Com um punhal, como aquele, faria misérias.

"Venha!"

Convidou-o para vir à mesa, pois ali era seu lugar de sorte. Muito mais tarde, refletindo sobre esse jogo, percebeu que o propósito do homem era perder para livrar-se do punhal, que para ele trouxera apenas uma vida dolorosa.

Contou-lhe, então, que era um punhal feito especialmente para seu dono, um bastardo, natural de Toledo, na Espanha, metido a arruaças, a desafiar os outros a troco de *dá cá essa palha*. Por ter duplo gume, o punhal surpreendia os adversários, acostumados a aparar os golpes do lado cego da lâmina. Ele os aparava na guarda, e, usando-o como uma espada, avançava, quando se esperava retroceder, saía do lado esquerdo, quando o esperado era o direito, sempre enganando e inovando nas disputas. Cortou muitos punhos, machucou e matou muita gente, numa época em que brigas e disputas, feitas às escondidas, ficavam por isso mesmo.

Com o tempo, venceu mesmo os mais habilidosos, angariou algumas raivas recolhidas, inveja e ciúmes. Estava com trinta e cinco anos, no auge de sua força e habilidade. Uma noite, depois de uma luta surpreendente, em que vencera três homens, que vinham lhe cobrar uma dívida, percebendo que logo viriam alguns mais, em socorro dos derrotados, partiu a galope, ao léu, sem se ater muito aos caminhos costumeiros, pensando em confundir os possíveis perseguidores. O terreno por que seguia era muito pedregoso. Para não forçar o cavalo, amainou o passo e seguiu mais lento até deparar-se com uma aldeota. Vinha bem ao caso, já que a alimária estava coberta de suor e ele mesmo sentia sede, fome e sono.

As casas ali eram algumas taperas cobertas com camadas de pedras delgadas, com vários pontos caídos; o lugar era desanimador. Numa praça, que era apenas um terreno vazio, havia uma igrejinha, construída de pedras. E no meio de tantas construções decadentes, parecia nova. Encontrar lugar para dormir ali, nem pensar. Desalentado, ouviu uma voz que o chamava. Era um padre, com a tradicional batina preta, vestimenta até elegante para o estado pobretão da aldeia. Fazia com as mãos sinal para que se aproximasse. Há quanto tempo não entrava numa igreja? A avó, que era grega, contava muitas histórias de santos, mas, entre elas, costumava incluir algumas pagãs, como a do louco rei espartano Cleomenes, a do grande rei Xerxes e de Polícrates de Samos. Gostava dos santos, mas, em segredo, cultuava Odisseus, Agamêmnon e Demárato.

"Faz tempo que você não se confessa, meu filho. Vem contar seus pecados a Deus."

Que homem era aquele que ousava lhe dar ordens? Contudo, o protesto desvaneceu-se e ele acercou-se da igreja, e seguiu até um confessionário minúsculo que lhe foi indicado. A noite era escura, mas ele conseguia ver claramente as feições do padre. E o que dizer a ele? Dificuldade, não houve nenhuma. Quando deu por si estava contando toda sua vida para aquele sacerdote careca, de olhar suave, e ao mesmo tempo bondoso e que parecia entender as misérias de sua existência.

"Você pode fazer três perguntas, meu filho."

À primeira delas, se era suficientemente bom no uso da faca, ou haveria alguém melhor do que ele. O padre lhe disse que ele era ainda o mais hábil, mas não se poderia dizer que era um homem bom. À segunda, se a faca lhe traria ainda algum sucesso. O padre respondeu que dependeria de como fosse usada. À terceira, se viveria sempre com boa saúde e a resposta foi sim.

Ele não se lembrava de como tinha terminado a confissão. Acordou com muito bem-estar, sem fome, sem sede. Surpresa maior ainda foi encontrar a igreja em ruínas. Do lado de fora, o cavalo bem alimentado pastava solto na praça. Os arreios estavam cuidadosamente colocados numa vara horizontal, utilizada para prender as rédeas. O lugar estava vazio; não havia vivalma no lugarejo abandonado.

Alguns anos depois dessa aventura, deixou Toledo, seguiu para Sevilha onde, a julgar pelo desaparecimento repentino de alguns duelistas e arruaceiros, deve ter continuado sua tarefa de verdugo. Mas começava a perceber que, ainda que mais sábio no uso da faca, seus reflexos não eram os mesmos. A idade pesava.

Um dia, pescando, sem muito sucesso, às margens de um afluente do Guadalquivir, primeiro: pediu ajuda a Deus e aos santos que tinha de memória. Depois, não pediu mais, reclamou de sua má sorte. Por fim, lançou mão de todos os palavrões de que tinha na memória. E ainda assim, nenhum peixe se interessava pelos bons petiscos que escondiam o anzol. Desanimado, lançou mais uma vez uma vez a linha, dizendo: Sea lo que Dios y todolos santos quieran!

Logo após, do ar parado, veio um vento repentino. Apenas um farfalhar de folhas. De algum modo recordou-se da passagem

pela igrejinha abandonada e de sua última confissão. Instintiva-
mente, fez o sinal da Cruz. Pareceu ver nas águas a figura daquele
padre, mas a visão logo se desfez. Mas não desapareceu simplesmente. O homem lançou o anzol e pegou um grande peixe.

Daí a pouco chegou seu filho, que saíra à procura do pai
e ficou admirado com a beleza e tamanho do peixe. O pai contou-lhe, então, a estranha aventura ocorrida há tanto tempo e
o aparente resultado ali presente. O jovem, ainda surpreso da
experiência inusitada, observando a presença de um objeto tão
importante, a faca, e o peixe de tão grande tamanho, observou
que aquilo lembrava uma das histórias que a bisavó sempre lhe
contava, a de Polícrates, que se desfizera de seu bem mais precioso, um anel, jogando-o no mar.

Ouvindo a velha história, o duelista ficou mudo e, depois
de um bom tempo, resolveu lançar o punhal no rio, pensando que, se fosse para ele mantê-lo, o santo que lhe aparecera,
arranjaria algum modo de devolvê-lo; mas se não fosse esse o
caso, o punhal perder-se-ia para sempre e ele saberia que sua
carreira de duelista e matador estava encerrada. Simplesmente,
segurou-o pela ponta da lâmina e lançou-o às águas. Contudo,
naquele exato ponto, pouco abaixo da superfície, havia uma
pedra. O punhal bateu nela, fez uma pequena parábola e voltou ao dono, atingindo-o com a parte côncava da lâmina na
carótida esquerda. Ele expirou ali, diante do filho, em poucos
minutos, sem dizer al.

Desse filho, a faca seguiu para outras mãos, sempre trazendo desgraça, para aqueles que utilizavam o gume côncavo,
num movimento de cima para baixo. De resto seguia cumprin-
do seu destino homicida. E assim foi até que, um dia, alguém
sem dinheiro, apostou-a nas cartas como a última chance de
obter alguma coisa e, por ser definitivamente seu dia de azar,
acabou por perder mais uma rodada.

O homem acabou sua narrativa e ficou com os olhos perdidos na parede esburacada. Tirei trinta reais do bolso e, antes que eu pudesse negociar, ele arrancou o dinheiro de minha
mão e se afastou. De minha parte, fiquei olhando o punhal,
admirando sua estrutura. Percebi surpreso que, no lugar da linha central, entre os dois gumes, havia uma pequena ranhura,
a trazer mais letalidade em seus golpes: por ali chegava o ar
dentro das feridas, provocando hemorragia interna.

Levantei os olhos para comentar esse fato com o ex-pos-
suidor da faca, mas ele não estava no boteco, nem na rua, nem
em nenhum lugar. Dali a pouco chegou um barco e pude deixar o lugar.

3.º Gomo

Com a aquisição do punhal, minha vida tomou outro
rumo, mas não por sua causa propriamente. Chegado daquela
viagem, guardei-o num gavetão cheio de ferramentas, e acabei
por me esquecer dele.

Continuei a carreira de vendedor com muito sucesso.
Depois, apareceu uma oportunidade na televisão. Em princípio, trabalho interno. Dei duro e, com ajuda de alguns amigos,
criei um programa de auditório. Funcionava assim: convidava
uma pessoa para uma entrevista, mas a entrevista tinha sempre
de ser levada de tal modo que envolvesse alguém da plateia.
Muitos pensavam que eu preparava as pessoas a serem sortea-
das. Cheguei mesmo a fazer isso, temendo o insucesso. Mas a
tentação de fazer algo surpreendente levou-me a arriscar. Meus
diretores ficaram muito inseguros, reclamaram que alguma
coisa poderia dar muito errado, enfim, argumentos de peso. O
que me deixava mais forte era a contínua aceitação do público

e a fama que o programa foi construindo, com empresas disputando o patrocínio.

Numa noite, entrevistei o grego Telepompos Mikroksiphos, um psicanalista, que trazia uma teoria surpreendente.

"Minha proposta não é muito diferente da de Philips Kristall."

"O senhor pode explicar para a gente qual é essa proposta?"

"Philips Kristall escreveu um livro chamado *Cortando Laços*. Ali, ela informa que boa parte de nossos males psíquicos vêm de nossos pais. Ela sugere, então, que o paciente a ser tratado evoque mentalmente um ou ambos os pais, amarrem-nos numa cadeira. Depois, comece a dizer a ele ou a eles francamente o que jamais teve coragem ou oportunidade de dizer, mesmo empregando expressões duras, até com palavras de baixo calão."

"Palavras de baixo calão?"

"Isso mesmo. Palavrões."

"Mas para os pais?"

"Caro entrevistador, depois de Freud, tudo é possível. Mas deixe-me acabar e tudo vai ficar muito claro... Depois que o paciente extravasou tudo o que pretendia, solta o seu genitor ou os seus genitores e vai viver sua vida."

"Solta os pais e está curado?"

"Em princípio, deveria ser muito simples. Mas nem todos têm boa capacidade de fantasiar, o que torna o processo lento. Daí que resolvi inventar um novo processo. Vou demonstrá-lo, ao vivo."

"Ao vivo como?"

"Posso trabalhar com o público?"

"É para isso que temos nosso programa."

"Pois, então, vamos lá. Preciso de duas pessoas da plateia. De preferência que seja mãe e filha, ou pais e filho, ou mãe e filho, ou pai e filha. Se não tiver essa dupla, que seja uma pessoa mais velha e uma mais nova."

As pessoas se remexeram, várias levantaram a mão. Telepompos fez um exame com os olhos para os pequenos grupos, que se formaram, e decidiu-se por duas mulheres: uma menina duns dezesseis anos e uma senhora de cinquenta. Eram realmente mãe e filha. O psicanalista pegou uma cadeira, dessas de braços, e fez a senhora sentar. Depois, abriu uma pequena pasta e, dela, tirou caneta, papel, um rolo de fita crepe e uma tesoura.

Na plateia, tudo era silêncio e curiosidade. O grego trabalhava metodicamente, fazendo grandes pausas em cada gesto. Selecionou um bom pedaço de fita crepe e deu, em voz baixa, algumas orientações para a jovem. A moça começou a trabalhar silenciosamente; em princípio, tímida, mas foi-se soltando, revelando mesmo satisfação pela tarefa. A mãe ficou com os pulsos e as pernas presas na cadeira,

"A senhora consegue se levantar?"

A mulher fez um esforço, mas nem se moveu do lugar.

"Não dá não, doutor."

"Ah, sim, com esse pedaço, você cobre aboca de sua mãe."

A moça obedeceu imediatamente. A mulher mais velha manifestou muita surpresa, mas parecia disposta a cooperar.

"Vejam, o que para Philips Kristall era fantasia, para mim é concreto: a mãe, a cadeira e a fita crepe estão, aí, para todo mundo ver. O que a moça vai dizer à mãe, ninguém vai ficar sabendo, porque ela vai ser por escrito."

Dirigiu-se, então, à moça:

"Vou lhe fazer algumas perguntas, mas você não precisa responder pra mim. Vai escrever sua resposta e colar em cima da fita crepe que prende sua mãe. Tá claro?"

"Tá, doutor."

"Você já chegou a ter raiva de sua mãe?"

"Raiva?"

"É. Já gritou com ela? Já teve vontade de dar um pontapé nela?"

"Vou ter de bater em minha mãe?"

O público explodiu em gargalhadas. Eu estava, ao mesmo tempo, tenso, sem saber aonde aquilo ia dar, ao mesmo tempo satisfeito com os pequenos recados, que surgiam na tela de meu computador, revelando o rápido crescimento da audiência.

"Não precisa bater não, menina. É pra isso que existe a psicanálise. Pra gente resolver com as palavras."

"Que é que eu faço, então?"

"Só escrever o que já sentiu."

O silêncio voltou ao auditório. A cada pergunta do psicanalista, ouvia-se apenas o ruído da caneta, riscando o papel. Depois de uma seis ou sete perguntas, houve uma pausa.

"Normalmente, a pessoa pode responder a várias questões. Mas vamos ficar apenas com essas aqui. Como eu disse há pouco, minha proposta é mais concreta, mais visível. Por ter, além de palavras, gestos e movimentos, as repostas vêm mais rápidas e mais profundas ao paciente, eliminando suas verdadeiras dificuldades. Esta menina parece tímida, não? Reparem na diferença de seu comportamento quando descer do palco."

A menina teve de cortar o papel em pequenas tiras, que foram afixadas sobre os pedaços de fita que prendiam a mãe à cadeira.

"Agora, você precisa se libertar dessa raiva. Você quer isso?"

"Quero."

"Peque a tesoura e comece a cortar a fita crepe."

A moça pegou da tesoura com muito cuidado e a abriu sobre a fita que prendia as costas da mãe. Na primeira tentativa, fechou no vazio. Tentou mais uma vez, a tesoura prendeu-se na fita crepe e cortou. Quando a filha fez um esforço para soltá-la, a tesoura se desfez, caindo uma de seus ramos no chão.

Houve um oh que tomou todo auditório. A audiência deu um grande pico.

"Não tem problema, moça. Não há mal que não tenha cura."

Telepompos pôs a mão na parte interna de seu paletó e tirou a faca-punhal. Ainda surpreso, percebi que a moça pegou prontamente faca e ia usá-la com o gume côncavo, cortando a fita de cima para baixo. Quis alertá-la, mas não agi com suficiente rapidez.

Marcos Gomes

A manhã seguinte ao apocalipse

Álvaro acordou, ainda preso às últimas notícias da noite anterior: na TV, apareceram dois cientistas cercados de técnicos da NASA, informando a todos que uma grande tragédia poderia ser evitada. A catástrofe fora anunciada pela conjunção de muitos fatores: num lugar de poeira cósmica que o sistema solar atravessava, apareceram enormes asteroides, dois dos quais poderiam se chocar com a Terra. A dificuldade de cálculo estava em que um deles não tinha uma trajetória conhecida, vagava com movimentos errôneos, podendo ou não colidir com nosso planeta. Além disso, acrescentava-se um cometa imprevisto, cuja órbita era muito próxima da Terra, chegando, ao que tudo indicava, a tocar a troposfera, com boa parte de sua cauda. Os cientistas faziam conjecturas a respeito do que poderia acontecer: desde tragédias proporcionadas por tsunamis fantásticos, até um simples desequilíbrio na distribuição de chuvas, ventos e terremotos.

Em seguida, tomou a palavra uma autoridade do Ministério de Informações, para anunciar sua grande campanha: coleta do maior número de dados possíveis, para assegurar a História Contemporânea. Cada cidadão iria ao endereço ministerial de sua conveniência, e faria um relato relativamente sucinto de sua vida, bem como outro, a propósito das suas últimas semanas. Mudado o canal, voltava a figura corpulenta de um homem, com a cabeça e o rosto cobertos, soltando palavras lentas, a respeito do fim do mundo, convocando, a todos, a um encontro no templo principal da cidade para o arrependimento de todos os pecados, com promessas de compensação da vida eterna.

Um ruído de vidros quebrados chamou-lhe a atenção. Na saleta ao lado, entre fragmentos de vidro estava um embrulho em um pano pardo. Dentro, uma pedra, para dar peso ao projétil e uma garrafinha contendo água. Sua superfície abaulada continha os dizeres: *Água milagrosa de Fátima. Espargir três vezes sobre a cabeça, antes de deitar.* Como já se fazia tarde e o corpo exigia descanso, seguiu as indicações e teve uma boa noite de sono. Agora, acordado diante do novo dia, perguntava-se se aquilo era verdade. Procurou a garrafinha pelo apartamento, mas não havia sinal dela. Passou a mão pelas janelas. Nenhum vidro quebrado. Na TV, os canais de notícia falavam de meteorologia, do trânsito engarrafado, da alta do preço dos alimentos. O mundo continuava a girar sem novidades.

No trabalho, ninguém comentava nada de diferente. Apenas se ouviu algo semelhante à experiência do dia anterior, quando soube que a figura mais imponente da cidade estava convocando as pessoas para uma noite de vigília, dado que alguns profetas tinham percebido sinais evidentes do fim do mundo. Avançou na direção da conversa, mas as pessoas se dispersaram e voltaram para suas ocupações.

"Álvaro, como está seu trabalho?"

Quando Dr. Sepúlveda vinha com voz delicada e sibilina, interessado pelo bem-estar de seus funcionários, alguma coisa andava muito errada. Melhor ouvir em silêncio, concordar com o que fosse evidente e escapar como um peixe das questões porventura ambíguas.

"Que cara é essa, meu rapaz? Ninguém quer dispensá-lo. Estamos felizes com sua produção. Você é um homem asseado, dono de bela caligrafia, nunca falta, cumpre sempre com suas obrigações. Mas desta vez, quero que faça algo diferente. Você já ouviu falar do Mestre de Avis?"

"O novo sacerdote do templo?"

"Exatamente. Você vai visitá-lo e dizer que estamos interessados no terreno ao lado do santuário."

"Desculpe-me, Dr. Sepúlveda, mas se assim o fizermos, primeiramente esse Mestre de Avis não nos dará nenhuma resposta significativa. Segundo, quando se pronunciar, o preço do terreno chegará às alturas."

"Bem observado. É isso mesmo o que se espera."

"Mas por que o senhor me escolheu, se eu nunca tive experiência com compra e venda de terrenos?"

"Por isso mesmo."

Na sala de espera da casa, ao lado de templo, ouviu por alguns instantes, cânticos, recitação de salmos e comentários religiosos, em uma voz cava e monótona. Depois, entrou uma mulher sem qualquer sensualidade, neutra como um sabão, soltou duas ou três palavras a respeito dele ser bem-vindo, expressou, com voz chorosa, os louvores ao Senhor, e o levou a una sala que dispunha de mesa de oito lugares e as cadeiras correspondentes. Longe de qualquer adereço de natureza religiosa, havia, ali, um conjunto fantástico de fotos de nebulosas e de galáxias captadas por telescópios de sondas espaciais. Um despertava mais a atenção, com os dizeres: *O que aconteceria se o Sistema Solar penetrasse numa zona carregada de asteroides e alguns deles escapassem de sua rota? O que daria segurança ao homem?*

Não pôde refletir muito, pois logo chegou uma figura sinistra, com a cabeça inteiramente coberta, permanecendo os olhos aparentes. Foi bastante direto, com sua voz seca e desagradável:

"Ah, o senhor é o enviado da Sepúlveda e Gualtemo, Assuntos Diversos S. A., não? E é sobre o terreno ao lado de tempo, não é mesmo?"

"Realmente é isso mesmo. O terreno está à venda?"

"Está à venda? Não, não está à venda. Mas podemos negociar de outra forma. Volte daqui a três dias, e haverá algumas novidades."

Voltou daí a três dias, depois, voltou no prazo de uma semana, e, a seguir, esperou mais quatro dias. Do lado do Dr. Sepúlveda, havia um misto de surpresa e excitação. O homem esfregava as mãos, dizendo:

"Você me saiu melhor do que a encomenda, Álvaro, um negociador de mão cheia".

E as coisas seguiram assim, até que um dia, quando foi servir-se de café no intervalo do trabalho, Dr. Sepúlveda passou a seu lado, lançou-lhe um olhar gélido, como se nunca o tivesse chamado para qualquer coisa. Depois apareceu, na sua mesa, uma mensagem da Diretoria conclamando os funcionários a aumentar a produção, única maneira de garantir os postos. Quando levantou os olhos, percebeu um sentimento de insatisfação, no ar, mas ninguém se atreveria a fazer qualquer comentário.

No final do expediente, quando voltava para casa, dispensou o metrô e resolveu seguir a pé. Tarde morna, com o zumbido de um ou outro mosquito. À distancia, viu o templo e seu escritório onde fora recebido tantas vezes, com promessas de negócio. Ao lado, encoberto pela longa sombra, projetada pelo poente, estaria o terreno. Estaria, porque não estava mais. No lugar havia uma casa mal conservada, com os dizeres: "Floricultura Mafalda". À frente, para desmentir-lhe o título, um jardim de flores murchas, tomado por ervas daninhas. Formigas se ocupavam de um pássaro morto, junto duma poça d'água, de onde, de tempos em tempos, escapavam algumas bolhas de gazes. O lugar cheirava a folhas mortas.

Bateu à porta do escritório. Foi recebido pela mulher insípida – agora, não tão insípida assim: o quadril arredondara;

na tábua do peito, dois seios incipientes. Os cabelos pareceram adquirir súbito brilho.

"O apóstolo Jurandir não poderá recebê-lo. Deverá proferir uma palestra, em dez minutos. Por que o senhor não vai assistir a ela?"

Álvaro entrou no templo pela primeira vez. Havia duas portas, com as inscrições *discípulos*, na da direita e *gentios*, na da esquerda. Um homem com capuz passou-lhe à frente e tocou um pequeno sino na porta *discípulos*. Uma voz mecânica perguntou: *pente*? A resposta foi: *Ezequiel*. Uma segunda pergunta: *navalha*? Nova resposta: *Gênesis*. E a porta se abriu. Era melhor não arriscar. Seguiu pela porta *gentios*. Entrou numa sala escura, com fragrâncias agradáveis, mas nada que lembrasse incenso. O salão, que não tinha qualquer aparência de lugar religioso estava tomado pela metade. Sentou-se numa das poltronas do canto. Em lugar de altar, havia um palco. Luminosos adiantavam informações a respeito da palestra que seria proferida: você já pensou em seu futuro? Julga que tudo o que lhe foi prometido lhe será assegurado? Sua vida lhe proporciona alguma certeza? As mensagens apareciam e desapareciam no painel luminoso e, pelo seu conteúdo, despertavam alguma curiosidade a respeito do tema a ser desenvolvido. Um sinal de advertência foi dado, as luzes apagadas, deixando apenas um foco luminoso no lugar, onde apareceria o palestrante.

"Sorvetes, revistas, tickets?"

Teve consciência de si num trem que ia para o subúrbio. No banco de trás uma mulher escovava penosamente os dentes. Os demais dormitavam, enquanto o trem seguia sem muito ruído, para seu destino. Quando diminuiu a velocidade, a mulher o informou:

"É melhor o senhor apressar-se, porque este trem não demora muito nas estações."

Olhou para ela, mas percebeu que a informante se entregava a sua atividade penosa de cuidar dos dentes. A informação fora correta. Mal colocou os pés na plataforma, o trem se pôs em rápido movimento. Olhou a sua volta: não havia qualquer sinal de vida. Apenas o hall de entrada estava iluminado. O portão possuía tripla tranca e não havia como saltá-lo, dado que ele ia até o teto. À direita, uma porta: cavalheiros. Seguiu nessa direção. Ouviu um barulho de vidros estilhaçados. No chão, um embrulhinho envolto em um tecido pardo. Abrindo-o encontrou um pequeno vasilhame, com os dizeres: *Água Milagrosa de Fátima. Espargir três vezes sobre a cabeça antes de deitar.* Naquele lugar deserto, talvez não tivesse muita escolha. Abriu a garrafinha e fez o que lhe era sugerido.

O sono foi imediato. Sonhou que estava na plataforma da estação. O apóstolo Jurandir, sempre com a luz incidindo sobre a cabeça coberta, abriu o portão de três trancas e o conduziu para uma sala onde proferia palestras. Suas palavras vinham, pouco a pouco, pingando de sua boca monótona, e retomavam as mensagens eletrônicas sobre as incertezas da vida e os perigos que os homens poderiam enfrentar.

"Ouçam o que os cientistas da NASA têm a dizer."

Um senhor de terno, ao lado de uma mulher de óculos, começou a explicar quais eram os perigos por que a humanidade estava passando: havia uma região tumultuosa no espaço, em direção da qual seguia o sistema solar. Ali era o lugar de visitação de vários cometas, bem como de asteroides e rochas de trajetória incerta. A possibilidade de colisão com nosso planeta variava de 15 a 23 por cento. Entretanto, os homens não estavam inteiramente desarmados. Os dispositivos nucleares acumulados para a Terceira Guerra Mundial foram cedidos por todas as nações envolvidas em atividades bélicas, e seriam lançados na direção dos corpos rochosos e dos cometas.

"Acreditamos que ficaremos entre quarenta e cinco e sessenta dias nessa região tumultuosa, depois seguiremos para outra sem problemas. A título de experiência, a China enviou uma nave com uma bomba nuclear de pequena potência. Ela explodiu num corpo de dimensões significativas, cerca de vinte e dois quilômetros de diâmetro e o reduziu a pó. Para ter conseguido isso, a uma distância de mais de quinze milhões de quilômetros, a trajetória balística foi cuidadosamente calculada."

O foco de luz pousou sobre a face avermelhada da mulher que escovava penosamente os dentes.

"Eu já lhe falei para não fazer isso! Onde já se viu, ainda mais num espaço religioso. Levem-na daqui!"

A mulher foi amarrada e retirada do salão. "Meu ticket! Meu ticket!" gritava ela, enquanto serviçais a punham fora, por uma das janelas. Estranhamente um dos vidros estava quebrado, e, no solo, jazia um embrulho de pano pardo. Mas logo o foco voltou aos cientistas da NASA, que continuavam dando informações.

Não conseguiu lembrar como chegara a casa. A memória ainda misturava fatos: notícias televisivas, uma estação vazia, uma mulher de rosto avermelhado, partes de uma palestra confusa sobre o fim dos tempos. No escritório, corria uma fofoca sórdida sobre a mulher do Pereira que, na primeira vez que pusera os pés na ala nova do templo, fora expulsa de lá por comportamento inconveniente. O pior é que um novato, misturando pessoas e nome, foi contar o ocorrido justamente para o Pereira, que deu um escândalo de imediato, para fazer circular, o dia seguinte, um documento com a intenção de desfazer o mal-entendido, complicando uma situação que seria esquecida como mero boato. Foi justamente nessa situação tumultuada que Dr. Sepúlveda me chamou.

"Alguma novidade?"

"Conversei com o Apóstolo Jurandir e ele me pediu três dias."

"Hum... E quando completam esses três dias?"

"Amanhã."

"Volte lá e fique em cima. Essa gente se apossou de um terreno da prefeitura. Eles não têm nenhum documento de posse, nem desse terreno nem mesmo do terreno do templo. Mas desse, fica difícil de reclamar."

No dia seguinte, eu estava examinando uma tomada, de onde brotavam algumas faíscas, quando Cecília, a secretária míope, dirigiu-se a mim, nestes termos:

'O Doutor Sepúlveda precisa falar com o senhor.'

Na entrada do escritório estava uma escada. No fundo, um burburinho de vozes (– Tira essa escada daí. Eu vou chamar o síndico!).

'Por incrível que pareça, Dr. Sepúlveda, a documentação deles está em ordem.'

'Deixe-me ver o que eles lhe mostraram. Hum... Décimo sexto cartório. Nunca existiu esse décimo sexto cartório, meu filho. Isso é falsificação! Documento bem feito, mas falso. Leve essa copia da denúncia contra a invenção desse cartório e veja qual vai ser a reação deles.'

Não se aborreceu ter de voltar àquele lugar. A vida com suas complicações cotidianas tinha voltado e ele se dava por feliz com aquilo.

Quando chegou ao templo, conduziram-no por uma entrada lateral nunca antes notada. Ali passou por um caminho confuso, cheio de portas. Dava-lhe a impressão de algo construído sem nenhum planejamento: casas que se emendaram com o auxílio de pequenos corredores. Depois de algum tempo, não tinha a mínima ideia de onde se encontrava. Foi recebido pela moça antes sem atributos, mas agora com outro aspecto: no peito, curvas suaves dos seios; os cabelos se anelavam sobre os ombros; os quadris se ampliaram, com ancas generosas. Ela sorriu, num misto de alegria e pudor e o levou para um cômodo próximo.

"Espere um pouco. O apostolo Jurandir está ocupadíssimo hoje, mas arranjará um espaço em sua agenda. Eu cuido disso."

Álvaro, aos poucos, foi dormitando. Quando acordou, percebeu-se encolhido na cadeira. Por algum lugar, entrava um vento encanado. Levantou-se e deu alguns passos em direção à porta. Ao abri-la percebeu uma grande escuridão. Estava do lado interno da estação de trens. Barulhos súbitos ocorriam, como o da passagem de algum comboio em direção ignorada. Subitamente o céu iluminou-se e um objeto denso, prateado, passou por cima do telhado da estação para cair não mais do que um quilômetro dali. O chão chegou mesmo a tremer. Apareceu uma grande rachadura numa das paredes e logo se transformou em abertura. Atravessou-a e se viu num salão de grandes dimensões, um requintado ambiente high-tech. Na tela dos inúmeros computadores que havia ali, aparecia a informação: Biblioteca Universal do Conhecimento Humano. Último levantamento: 437 milhões de títulos. Seção religiosa: 43 565 083 títulos.

"Já fez back-up, Edu?"

"Claro. Era só apertar o control-off, não?"

"Control-off? Você está doido, cara! Isso apaga tudo."

"Não... será? Não tem como reverter o comando?"

"Lascou, meu: seis anos de trabalho perdidos. E você: o olho da rua!"

"Ai, meu Deus!"

"Deixa de ser bobo, seu tonto! Você acha que o programa não preveria um ou outro erro de comandos?"

Edu refez-se do susto. O outro, dando-lhe palmadas nas costas, convidou-o para um café e deixaram o salão. Curioso, Álvaro foi até o computador. Examinou-o e procurou por pesquisa. Ali, escreveu "Apocalipse". Apareceu um conjunto grande de títulos. Escolheu um, que lhe parecia atraente: *A MANHÃ SEGUINTE AO APOCALIPSE.* Começava assim: *Álvaro acordou ainda preso às últimas notícias da noite anterior: na TV apareceram dois cientistas cercados de técnicos da NASA, informando a todos que a grande tragédia poderia ser evitada.* Teve um sentimento de espanto. Seguiu as linhas e viu que o que experimentara, nas últimas três semanas, estava ali estampado, incluindo as conversas que tinha tido com Dr. Sepúlveda, com a atendente do templo, as experiências sem sentido, por que tinha passado. Pensou rapidamente: se sabem o que aconteceu antes, o que virá depois? Nem seguiu adiante, porque a queda de um meteorito atravessou o teto e destruiu o HD central que alimentava os computadores. Não prestou atenção aos ruídos fortíssimos que se seguiram. Logo o salão se encheu de técnicos que gritavam ordens. Entretanto, parece que de nada adiantaria. Seria dificílimo reconstruir um HD arrebentado e em chamas.

Álvaro acordou. Teria sido aquilo sido um sonho? A transformação de todos os dados de todos os livros numa grande biblioteca virtual, desaparecida com a queda de um meteorito? Estava sem relógio e não conseguia ter a mínima noção do tempo. Ou o dia estava realmente escuro, ou a noite tinha chegado, ou o planetoide teria intervindo nos movimentos da Terra, alterando os polos e escurecendo o céu? Difícil de concluir alguma coisa. De qualquer modo, precisava encontrar seus óculos e eles não estavam à mão. Não havia ali nenhuma fonte de luz que o deixasse ver os objetos a seu redor. Lembrou-se de que numa das gavetas da cozinha havia um toco de vela; sim, e ainda estava lá. Mas não havia fósforos, pois há muito não eram mais fabricados. Álvaro sentou-se no chão e disse a si mesmo que, pela primeira vez admitia que o ditador português Salazar pudesse ter alguma razão[1].

---

[1] Para quem não se lembra: o ditador português proibiu o uso de isqueiro, em lugares públicos, visando à proteção da indústria de palitos de fósforos lusitana.

V

Paródias

Marly, Nancy e Suelly

Eram três as meninas do nosso bairro. Sempre juntas, sempre sorridentes. Seriam irmãs, seriam astronautas, seriam moradoras de um alcouce? Era o que se podia deduzir, quando passavam elas, no fim da tarde de sábado, e a Maria Eduarda e a Dora riam à socapa, mostrando os grandes dentes brancos. "Sorriso de cavala", o comentário de Narciso.

"Narciso?"

"Aquele mesmo. Estava muito próximo do lago e acabou caindo nele. O guarda que o socorreu disse que ele devia tentar manter a cabeça fora d'água, mas cansou-se e mergulhou ali para sempre."

"E as três meninas, em epígrafe?"

"Não, elas não andavam de epígrafe, iam a pé ao cinema. Aliás, todos iam a pé ao cinema. Cruzávamos a balsa, os olhos grudados no pianista, que tocava *Le Lac de Come*, com as mãos trêmulas. Depois, o seu Osvaldo passava o vassourão de piaçaba, recolhendo as notas excessivas, dobrando-se com um gemido. Eu até guardei uma clave de Sol."

"… é grande. Caem as aves de tal sazão que sói ser fria. As águas…"

"Poucas águas. Não era estação de chuva. A mais nova dela, creio que a Marly, às vezes me olhava, com seus olhos oblíquos."

"Você esteve realmente apaixonado. Lembro-me de que, quando Nancy anunciou o noivado, você fechou-se em seu quarto. Ligamos várias vezes para você, mas…"

"Eu me lembro bem do que disse: se a segunda casasse, "eu ficava danado da vida e nunca mais telefonava!"

"Então você admite que..."

"Com tantos aviões, o meu tinha de ser aquele. Primeiro dia de trabalho, a empresa passando por transformações e eu comia aquelas meninas com os olhos."

"Mas por que você se casou com Maria Eduarda?"

"Todo mundo queria casar-se com a Maria Eduarda! Meus pais queriam que eu casasse com a Maria Eduarda. E, depois que eu passei no concurso do Banco do Brasil, voltei a telefonar."

"O Nepomuceno encontrou-se ontem com a Suelly."

"E?"

"E ela desfez o noivado com o Porco?"

"Com o Porco? Pobre rapaz. Tão afável, tão digno, tão de boa família."

"Com licença, senhor, alguém o chamou ao balcão."

"É a Dona Lucinda? Diz que eu estou na sala de arquivos."

"Ela acabou de procurá-lo lá. Dona Mercedes disse que não quer desculpas. Nós é que temos de resolver as questões com nossos clientes e não jogar o abacaxi pra ela."

"Sei não. As frutas da estação, então, ela quer? Não tem. Somente abacaxi."

Passou um estorninho sem aftas. Odirlei mexeu suavemente os braços, coçou as costas, veio até a porta. Deitou, na rua, os olhos gordos com que se perseguiam as raparigas. Passavam, ali, elas três, Marly, Nancy e Suelly. Marly ia seriona, de braços dados com o Duval. De Duval, nada se sabia, porque tinha os lábios escondidos sob espesso bigode.

"Então sobraram Nancy e Suelly..." Com qual das duas ficar, era seu problema.

De Gallina

O funcionário adjunto do assessor da presidência examinou a estante. Ali estava uma galinha morta. Há quanto tempo? Quem saberia dizê-lo? As penas marrons ainda traziam algum calor, mas o dia excepcionalmente quente poderia ser responsável por aquela temperatura. As patas continham o pó usual de quem anda descalço e mantém na derme um aspecto polvilhado. Os olhos vítreos, as orelhas amassadas, em cujo lóbulo pendiam três argolas, revelavam um corpo que acabasse de acordar, e os cabelos, corridos junto ao crânio, empapados de gel, lembravam os de um adolescente dos anos 1950, quando se deu a explosão do roque.

Entretanto, o exame minucioso era insuficiente. Faltava um relatório circunstanciado, contendo não apenas a descoberta, com todas suas referências de antes, durante e depois, e, a seguir, a descrição minuciosa do objeto encontrado. Dever-se-ia acrescentar o inusitado do ocorrido? O Capitão Pacheco, responsável pelos arquivos talvez dissesse que não, e apresentaria, na extremidade final do bigode, um pequeno ricto, índice irônico que se traduz: essa rapaziada jovem é inexperiente e não tem a mínima habilidade em fazer relatórios.

Outra possibilidade era colocar o galináceo onde encontrara e sair do mesmo modo como tinha entrado. Essa saída lhe fora negada pela ligeira alteração da corrente de ar. A porta central da sala de arquivos estava entreaberta e, ainda que ele estivesse de costas para quem viera espioná-lo (espioná-lo seria o termo?), não havia como devolver a galinha à estante. Por algum motivo que não conseguira compreender, mal divisara a galinha entre as atas do período 1943-1945 e as de 1947-1949 – de primorosa encadernação em couro de porco avermelhado, com as datas bordadas em ouro – tomara-a nas mãos, por certo tentando apenas tirar a ave dali. E ela ocupava exatamente o espaço dedicado ao ano que ele buscava.

"Por que você está parado aí, Adalberto? O doutor Gualtemo necessita urgentemente consultar as atas de 1946."

"Já as levo num instante."

"Esse instante você já o perdeu. O próprio presidente desta casa incumbiu-me de trazê-las no prazo mais curto possível. E esse prazo curtíssimo traduz-se num advérbio: *imediatamente*. Aliás, você anda se atrasando em muitas coisas, rapaz. O que aconteceu com os memorandos do Dr. Sepúlveda que você ficou de datilografar para quinta-feira?"

"Mas o prazo dos memorandos, como você própria diz, estende-se até quinta-feira."

"E hoje é quarta. Portanto..."

Enquanto ainda sustinha a ave nos braços, Adalberto percebeu pelo tato uma pequena calosidade no pescoço.

"Ela foi esganada."

"Como? Quem foi o quê? E de que "ela" você está falando?"

"A galinha."

Adalberto voltou-se, e a figura loira, magricela que ainda sustinha a porta meio aberta com a mão direita, onde, há quinze anos, a aliança áurea mantinha a promessa de casamento para um período relativamente breve, mas que o tempo e a má vontade do noivo encarregou-se de ampliar, ficou boquiaberta, talvez tomada de pensamentos atrevidos, talvez obscurecida pelo calor dos acontecimentos, tão inusitados, afinal sempre fora uma pessoa dedicada e...

"Suely e Adalberto! Fico pensando por que é que Dr. Gualtemo não aceitou minhas sugestões de corte de pessoal quando, há precisos cinco meses, esta casa estava com grandes dificuldades financeiras? Afinal, uma tarefa simples como a de encontrar um livro de atas e levá-lo à sala de conferências poderia ser realizada por uma pessoa minimamente letrada."

"Acontece, Sr. Guilherme..." E o resto ficou ininteligível porque os dois falavam ao mesmo tempo.

"Esperem aí. Não estou entendendo absolutamente nada. As damas, primeiro. Explique-se, então, Suely!"

"Bem... Eu vim aqui, na sala de arquivos..."

"Vamos usar de uma boa sintaxe, moça. Eu vim ÀÀÀ sala de reuniões."

"Mas é na sala de arquivos."

"Que seja! Mas a regência adequada exige a preposição A e, nesse caso, o uso da crase faz-se necessário. Isso é indiscutível, está bem?"

"Perfeitamente."

"Então siga adiante."

"Pois então. Eu estava terminando meu terceiro relatório das atividades caritativas do convento das irmãs Ursulinas, quando João, o estafeta, me entregou uma pequena mensagem. Era do Sr. Sérgio, secretário particular do Dr. Gualtemo, perguntando pelas atas. Fui até a porta da sala de conferências..."

"Muito bem, o Sr. Sérgio interrogou-a a respeito da demora na entrega das atas... de que ano mesmo?"

"1943."

"Desculpe-me a interrupção, senhorita e senhor, mas a data mencionada não reproduz a ordem inicial do Dr. Gualtemo. Ele me disse pessoalmente, e não através de seu secretário, que necessitava com certa urgência "compulsar"... foi esse o termo que utilizou? Acredito que sim... Então, como eu dizia, Dr.

Gualtemo pretendia compulsar as atas do ano de 1946."

"Já que o senhor teve o desplante de interromper minha conversação com Suely, me esclareça um pormenor: por que o senhor ainda não lhas levou?"

"Bem..."

"Bem o quê? O senhor deixou de cumprir suas obrigações funcionais das mais simples para com o posto mais alta da hierarquia deste escritório e, quando lhe são pedidas as devidas explicações, responde com um advérbio de modo?"

"Bem..."

Ficou-lhe difícil responder, pois a ave, talvez tomada de pânico, ou surpresa por uma súbita tomada de consciência – se é que foi dado às galinhas ter consciência – abriu as asas e saltou para a base da escada, passou entre Suely boquiaberta e o Sr. Guilherme, voou pelo corredor. Apoiado à janela da sala de arquivos – não era propriamente uma janela, mas uma pequena abertura que deixava renovar o ar impedindo a formação de mofo – pois a escada estava um pouco troncha, Adalberto saltou, mal tocando os degraus da escada, gritando intempestivamente:

"Para onde ela foi?"

E seguiu pelo corredor. Para o rapaz, essa distância parecia não existir. Seguiu as pistas do cacarejar repentino da ave. A galinha, mais adiante, crocitava, saltando as cadeiras, pulando pelas mesas. Ficou equilibrada sobre a alavanca do carro da máquina de escrever de D. Adélia, pulou para a máquina de D. Mirtes, avançando atabalhoadamente, saltitando, ora num pé, ora em outro, tentando retomar os instintos originais de sua raça, achando-se numa situação inusitada para qual as *Ordenações Manuelinas* não previam nenhuma diretriz.

A galinha era um ser? Talvez ela se perguntasse, se fosse dado às galinhas – principalmente às galinhas mortas – interrogarem-se a si mesmas a respeito de sua identidade. E ainda mais essa, surgida tão subitamente da sala de arquivos, perseguida por um jovem de terno, gravata, suando em bicas, desajeitado para uma luta mais apropriada para um caçador Neandertal. Ela lutava por sua sobrevivência, num meio hostil às galinhas, que jamais perceberiam que as teclas de uma máquina de escrever estão presas a um caminho pré-determinado e que não se saltariam para sair em seu encalço. Quanto ao jovem, este a perseguia como se estivesse tomado por uma fome imemorial e, de seu consumo imediato, dependesse sua sobrevivência.

Adalberto, dividido entre a responsabilidade de funcionário de um escritório daquele porte, cuja fama de seriedade e de eficácia se espalhara pelas comarcas de Adamantina, Andradina, Tupi Paulista e mesmo até Tupã, angustiava-se, sem saber se devia voltar até a sala de arquivo, para buscar o livro de atas solicitado, ou se devia dar conta do recente tumulto, de que, de algum modo, alguém poderia lhe atribuir a responsabilidade. E não era de irresponsável que Suely e o Sr. Guilherme o acusavam?

Para sua maior surpresa, a galinha entrou na sala de conferências. Ali, em pequenos saltos, atingiu as coxas de Dr. Gualtemo, equilibrou-se no braço de seu secretário, Sérgio, subiu no tampo da mesa e, tentando conter a respiração que lhe forçava mover as asas, bem como as batidas de seu coração, tão pequeno no meio do prato do almoço, botou um ovo.

Dr. Gualtemo pegou o ovo, ainda quente. Examinou-o através das lentes grossas dos óculos, testou-lhe a asperidade da casca. Depois, aparentemente satisfeito com o exame, bateu-o na quina da mesa e abriu-o sobre os papéis. Da casca fragmentada escorreu a clara. Primeiro desceu lentamente; a seguir, em seu movimento muito próprio, inchou-se e se espalhou sobre os documentos da mesa. Algumas gotas respingaram na camisa de linho egípcio e na gravata de seda de Dr. Gualtemo. Da casca ainda mantida no ar, escorreu a gema, que foi umedecendo documentos, canetas e lápis.

"Vamos lá, Sérgio, acredito que nossa informação está na página 13... deixe-me ver, a data deve ser de oito de maio. Hum... isso mesmo. Oito de maio. Veja aí, dois dias depois da fundação do Lar Vicentino Santa Úrsula. O que você está esperando, meu jovem? Guarde os outros livros de atas na sala de arquivos e volte às suas obrigações."

Adalberto tentou abrir a boca para dizer alguma coisa, mas preferiu calar-se.

"Ah, muito bem. Veja, Sérgio, há cinco meses, quiseram dispensar esse rapaz, por inépcia. Mas ele é tão solícito, um pouco atabalhoado, é verdade, mas sempre disposto a fazer o que lhe pedem.."

Cuidados Médicos

Para Jaa Torrano

"Não, não sei nada da abelha zabumba."

"E como se explica essa picada no pescoço?"

"Não saberia explicar. Apareceu."

"Levante-se e obedeça às indicações de seu médico, Sr. Américo Pereira."

"Pois não, Doutor Cáucaso."

Apoiou as mãos sobre a mesa do médico, esticando o corpanzil. Concomitantemente a seu esforço, um barulho assustador de vidros quebrados e de estruturas de alumínio entortadas invadiu o ambiente pelas garras da águia, que se fixaram sobre o lado direito do ventre de Américo Pereira, ergueram-no e o levaram para fora do consultório. O vento frio fora da janela destroçada do edifício e o olhar aparvalhado de Doutor Cáucaso foram as últimas imagens ligadas a sua consulta médica que presenciou.

No ônibus que conduzia os turistas a Cuzco, Américo Pereira examinava as manchas de bílis, que feriam a textura branca de sua fina camisa de linho. As canções de rádio do boliviano, duas poltronas à frente, mal o incomodavam. A dificuldade em fazer movimentos devia-se aos entubamentos. Um deles passava pela narina esquerda e outros, em outras regiões, que ele preferia não descrever. A perna direita, imobilizada por pesada estrutura de gesso, iniciada pouco abaixo da região pubiana, atingia o tornozelo. A cada curva, e elas eram muitas, o calcanhar batia na lataria do ônibus e algumas dores agudas ocorriam.

"Revistas, chinelos, água, chá!"

Pregões assim ocorriam nas paradas em cidades minúsculas. No Aeroporto de Miami, um cubano tentava fazer entrar à força, através de sua pequena janela, uma enorme abóbora carneira.

"Somos da revista *Ahora*. O senhor se incomodaria se lhe fizéssemos uma entrevista?"

"Si, por que no?"

"O senhor está indo a Cuzco pela primeira vez?"

"Si, es verdade, Dona."

"Já fez escolha de hotel?"

"Dependerá de meu estado. Sou hipertenso e a altura da cidade me impressiona."

"Pelo que viu até agora, o senhor convidaria algum amigo para fazer esta viagem?"

"Na verdade, esse gesso muito pesado e os tubos todos me incomodam sobremaneira. Não sei se algum deles estaria disposto a passar pela mesma experiência."

*

"Papai, papai, nós vamos no circo do Almeidinha?"

"Acho que vamos, acho que vamos."

"Como "acho que vamos"? O senhor não disse que íamos, assim que o circo viesse à cidade?"

"Sim, sim, eu disse filha."

"Então?"

"Você acha que posso caminhar facilmente com esse gesso?"

"O Eduardo leva a gente."

"O Eduardo não é o pai de vocês."

"Mas, pai, você prometeu, você prometeu."

*

"Todo mundo molhado desse jeito. Ninguém tem fósforo, tem?"

"Tem, não, Pereira."

"Peraí, que eu dou um jeito. Alguém tem um cigarro seco?" – E entrou na igreja.

*

"Que é que você está fazendo aí, seu desalmado."

"Me deixe explicar, seu padre."

"Não tem explicação. Tem, sim, é falta de respeito. Acender um charuto na lâmpada votiva! Sai da igreja, sai, espírito imundo!"

*

"E aí?"

"É questão de paciência. Me dá uma volante de jogo, Manuel?"

"Pô, meu, e se o cara ganhar?"

"Copia o resultado noutro volante e dá esse papel pra mim, se não, a gente não acende a fogueira." Era noite de São João.

*

"Acorda Sr. Pereira, acorda, pelo amor de Deus!"

"Hum. Sim, sim."

O médico contemplava de perto seu rosto apalermado.

Os olhos ainda permaneciam sem foco. A pele branca, cor de cera, aos pouco adquiria um tom rosado. Várias pessoas cercavam o paciente estendido no chão. Olhares curiosos seguiam atentos cada uma de suas reações.

"Que susto o senhor nos deu! O senhor teve uma síncope... É a primeira vez que isso lhe acontece?"

"Na verdade, enquanto estive em Cuzco, sentia muita falta de ar e parecia, a todo o momento, que ia dormir."

"Com licença, Doutor Cáucaso. O senhor tem um paciente chamado Américo Pereira?"

"Sim?"

"É para avisar que a fogueira está acesa. Para ele descer, que o baile vai começar."

À Espera de Eunice

Fustigado pelo vento, o vidro não dava notícia de que a chuva amainava. Dia para arranjar as gavetas, no dizer de Maninha. Mas Maninha não estava. Chegou o hortelão e disse:

"Essa ventania não é boa para os abacates."

"É verdade" – respondi. Respondi assim, não porque concordasse e tivesse argumentos de sobra a provar a veracidade das cândidas palavras do hortelão Olavo, mas, se eu dissesse qualquer outra coisa, ele entabularia uma longa discussão.

"O senhor concorda – continuou ele –, mas Dona Berenice da pensão Santa Lúcia, disse que é bobagem, que o vento não afeta os frutos."

"Ela falou por falar…"

"Não, senhor, o que ela tem é inveja" – dizia isso quase mordendo a língua, enquanto golpeava selvagemente o jabuti.

Tinha dó desse jabuti. Era lento, devido a sua natureza, não por má vontade. Mas o hortelão Olavo exigia demais dele. Doutor Anselmo disse que, um dia, daria queixa à Sociedade Protetora dos Animais.

"Mas quem se interessaria em proteger o hortelão Olavo?"

Dona Amélia deu uma risota safada e os outros riram a seguir, e desfez-se a má impressão de que alguém queria agir contra um cidadão de nossa pacata cidade. Fiquei eu, então, a cismar sozinho à noite, se mais prazer encontro eu cá. Olhei para as palmeiras que enfeitam nosso jardim e pensei nos velhos tempos, quando, com sua voz robusta, Doutor Gualtemo discursava no início da primavera.

"Olavo, de que eu falava?"

"O senhor falava do Descobrimento do Brasil."

"Isso já foi há muito, e não é Descobrimento, mas Achamento. Onde você estava com a cabeça?"

(Em cima do pescoço, pensei, mas não o disse, por temer as drásticas consequências do Senhor Enxaqueca, modo delicado com que descrevíamos nosso amado professor Anselmo).

Entretanto, eu continuava tentando ler. Era um artigo sobre rochas marcianas.

"Dona Berenice vive a futricar com a vida alheia, mas não vela por seu telhado de vidro. Você acredita que a Eunice tá de namoro com o guarda noturno."

"Que Eunice?"

"A empregada, ou você já esqueceu o nome dela? Só por que ela não deu bola pra você."

Era verdade; nisso Olavo tinha razão. Eu bem que tentara: ofereci casa, casamento na igreja, carro, viagens. Mas o que ele me disse:

"Eu, hein, casar com homem amarelado como você? Você está doido. Eu quero aproveitar a vida e não ficar cozinhando pra marmanjo."

"Mas meu bem, eu lhe darei uma vida de princesa."

"E você pensa que me engana?"

"Não, os fatos estão aí: trazer rochas marcianas para a Terra poderá parecer um programa muito atraente, no entanto, a presença maciça desses elementos alienígenas alterará o peso da Terra, com consequências imprevisíveis."

"Ora, que isso Gustavo? A ciência atual já deu tantos avanços!"

"Quais avanços, Maninha? Estou com o artigo de jornal aqui na mão!"

"Ora, o jornal conta estórias, mentiras."

"Não me venha com essa. O jornal é um veículo de comunicação muito sério."

Fomos interrompidos por uma gritaria de muita gente espantada. O cume do monte Oliva entrou em ebulição e rapidamente as lavas se espalharam e destruíram boa parte da horta de Olavo, que se desfazia em lágrimas diante do Padre Anselmo:

"Nunca minhas alfaces crescerão como antes!"

"Não, Olavo, seja um bom cristão, Deus escreve reto por linhas tortas."

"Mas as minhas couves repolhudas, largas, destruídas agora pelas pernas de um gigante!"

Realmente era lamentável, mas não havia nada mais a fazer. Recolhi a linha mais uma vez, a minhoca estava inteira. Que mais queriam aqueles peixes selvagens? Lancei de novo a o chumbo no curso de lava. Padre Anselmo, a meu lado, já apanhara dois dourados.

"Vai para cama, Olavo. Dormir em cima do jornal!"

Era Eunice, que chegava. Apesar da viagem, vinha muito sorridente. Como era bom rever minha mulher depois de três semanas.

Ida ao falso Restaurante

Para Anna

À porta do estabelecimento, lia-se a placa:

As aparências enganam. Não pense que esta loja seja um restaurante, ainda que conte com mesa, cadeiras, xícaras e pratos. É até possível que se ouça alguém chamando o garçon, mas esses dados são insuficientes para se tirar qualquer conclusão objetiva. Aliás, tudo o que está escrito nisto, que alguns denominam placa, é incerto e provavelmente falso.

As letras pareciam escritas à mão. A intenção era a de confundir? Quem sabe?

No hall de entrada, estava a menina. Vestia-se com uma roupa fora de moda. Algo muito rústico. Trazia um chapéu nas mãos e levou um susto, quando ele depositou algumas moedas dentro dele. Não era esse o objetivo de segurá-lo, ao mesmo tempo em que mantinha um ar de menina perdida?

Depois reparou no cão. Um husky siberiano? Parecia mais um lobo. Olhava à sorrelfa, como se admitisse ter algumas razões que não merecessem ser anunciadas. O que se anuncia é bom? O que se deixa de anunciar é motivo para que se acuse de falta de virtudes? Resolveu entrar. Quem sabe, dentro, haveria alguma coisa que lhe devolvesse o ar da realidade comum.

"Pois não, senhor, o que vai beber?"

Era um anão, mas muito alto para um anão. Usava uma touca verde, com um pompom cor de neve. O trajo era verde também, com sapatos de madeira pontudos, à guisa oriental. No braço esquerdo, um pano de prato dobrado, muito próximo da mão que segurava a bandeja. Antes de responder a uma questão tão simples – o que beber? – observou contrafeito que era o centro das atenções. O local, que a tabuleta dizia não ser um restaurante, tinha tudo para sê-lo, mas havia algo na atmosfera, que lhe lembrava alguma coisa há muito esquecida, do tempo que se tem pai e mãe, e o que dizer a cada um deles. Mas o tempo passava e era preciso dar alguma resposta.

A entrada extravagante de um felino de cor negra, calcando coturnos de cano longo, aliviou-lhe a tensão. O garçom voltou-se para o recém-chegado e fez a mesma pergunta:

"Pois não, senhor, o que vai beber?"

"Para mim, vinho, para ele, suco de queijo." Certamente, referia-se ao machucado rato que tirara das algibeiras e lançara, de qualquer jeito, sobre a mesa. O rato parecia conformar-se ao terrível destino de não ter vida própria. Deitou-se sobre o tampo, ao lado de um talher. Um pedaço de miolo de pão era seu travesseiro.

Nisso, vieram a um canto, espécie tacanha de palco, algumas baratas trazendo instrumentos musicais. Tocavam, e faziam-no bem. Era apenas música instrumental. Entretanto, uma delas foi perto do microfone e sussurrou numa voz de Marilyn Monroe:

"E agora, para vocês, temos a honra de apresentar: a barata Ribeiro!"

Logo surgiu, súbita, uma barata de cabelos escuros, em forte contraste com a pele branca de seu rosto. Trazia os olhos baixos e começou a cantar:

> *She wore blue velvet*
> *Bluer than velvet was the night*
> *Softer than satin was the light*

From the stars
She wore blue velvet...

Das frestas do respiradouro do guarda-roupa em que ele olhava a cantora, pouco conforto havia. Como permanecer ali, se o homem que a acompanhava era um doido a respirar uma estranha fumaça, que escapava de um saco plástico?

O melhor era encostar a cabeça no travesseiro e dormir. Mas era possível dormir, enquanto as baratas cantavam? Lembrava o canto das baleias: agudo e doce, nostálgico e incompreensível.

Não, definitivamente, quem escrevera a inscrição, à porta do estabelecimento, tinha razão. Aquilo não era um restaurante. Com a visão nublada (ele chorava?) viu passarem ali o garçon que o atendera e mais seis outros, com vestimentas semelhantes, variada a cor de cada uma delas, portando uma picareta sobre os ombros. Seguiram cantando algo como "Eu vou, eu vou..." até tropeçarem e se transformarem-se numa menina curiosa, que comia um mingau, servido a uma mesa de três pratos e, cansada, deitar-se numa simpática caminha entre uma muito pequena e outra grande; expulsa depois pela inesperada chegada de três ursos de tamanhos diferentes.

Mas o gato levantou-se, deixou que o rato corresse e, antes que atingisse a porta, agarrou-o e arrancou sua cabeça.

"Pronto, senhor, pode vestir o traje, que o conde de Almaviva o espera."

E assim foi ou, ao menos, era para ser. Ao deixar o local, a menina estendeu-lhe o pequeno chapéu vermelho. Quereria uma esmola realmente? Quanta degradação. Consultou a carteira, não havia o que oferecer.

"Nada a oferecer? Mas tens teu corpo, mulher."

E assim, Santa Maria Egipcíaca desnudou-se ao barqueiro.

Marcos Gomes

Pelo menos economizarei dinheiro com a lavagem de fronhas

O tema da redação era "Eu me apresento..." Algumas começavam simplesmente com "Eu me apresento: sou Carlos Pessoa, aluno da 8ª. da Escola Norberto Simões, mais conhecida como Normões Siberto." A maioria se identificava, no primeiro parágrafo. Mas aquele aluno, não. Preferiu começar assim: "Dizem que tenho orelhas de abano. Pode até ser. Pode ser essa a marca que trago de meu nascimento." O texto que se seguia estava longe de ser banal. Foi o que comentei com ele; foi o que comentei com a classe.

Os alunos vinham de uma grande sequência de provas e gostaram do exercício, que não lhes exigia um preparo adicional em casa, para que seu resultado fosse positivo. Simplesmente tinham de criar alguma coisa a respeito de si mesmos. E, pelo que parece, até então, jamais tinham dito algo a seu respeito. Tudo ali implicava serenidade, numa escola que conduzia os alunos a expressarem-se convenientemente à mesa e em todas as circunstâncias comuns da vida. O diretor dava o exemplo, exprimindo-se de forma apropriada, no sete de setembro, abrindo sua fala impreterivelmente com estas palavras: "Quando ergueu a espada e gritou *Independência ou Morte*, Dom Pedro não simplesmente propôs a independência do Brasil, mas expressou o desejo de cada brasileiro naquela época. Digo-o..." e seguia nessa toada, interrompida somente para passar um lenço cinza pelo rosto, recolhendo suas inúmeras contribuições de suor, consequência do sol inclemente a anunciar a primavera. E depois desse exemplo tão salutar, ficava difícil eliminar as excrescências parnasianas da produção dos alunos. E eu tinha de fazê-lo, sem colocar-me frontalmente contra as produções do senhor diretor, de quem meu salário dependia.

Na sala dos professores, havia novidade no quadro de avisos:

> Senhores Mestres: aproxima-se a Olimpíada Estudantil, quando nossos alunos demonstrarão o resultado de seu esforço físico, propiciado pelas aulas de Educação Física. Nos próximos quinze dias, nossos alunos estarão livres de lições, provas, e pesquisas de qualquer ordem. Mantenham-nos ocupados, mas sem carga adicional. Lembrem-se de que a disciplina é a fonte mais correta do aprendizado.

Assim o diretor regia, inspecionando cada uniforme, exigindo o uso de avental pelos professores, verificando se os livros ficavam sem orelha. Esse último item foi o que me fez, ao voltar a casa, postar-me diante do espelho no banheiro e examinar as minhas. Não fora eu apontado como portador de grandes orelhas de abano? Não fora Lucas que me apelidara de Dumbo? No entanto, o apelido que tanto me molestava, desapareceu com o tempo. Mas ainda assim, a curiosidade impeliu-me a postar-me diante de meu reflexo habitual. Ali se reproduziam, linha por linha, a imagem costumeira. Os pés de galinha indicavam que eu já passara dos quarenta e cinco anos. O cabelo começava a rarear nas laterais da testa, manchas se sobrepunham no nariz. A velhice se avizinhava?

No meio dessas reflexões, escutei um barulho de vidro, que se quebrava. Deve ter sido novamente o gato, pensava, enquanto me punha a buscar a causa do ruído. Não fora o gato, que dormia tranquilo no sofá da sala. A cozinha estava serena. Fora de casa não havia necessidade de examinar, porque, com certeza, o ruído era interno, e curiosamente próximo de onde eu estava. Voltei ao banheiro e inspecionei o espelho, abrindo a porta do armarinho, para verificar se havia alguma rachadura na parte de trás. Quando acreditei ter sido o exame suficiente, voltei a contemplar minha imagem refletida. Para minha surpresa, tinha desaparecido a orelha esquerda no reflexo. Em princípio, considerei o fato como resultado de algum tipo de estresse. Estávamos em outubro e a demanda de aulas a preparar, provas e correções exigiam muitíssimo. E assim pensando, voltei-me às correções, enquanto o gato, desejoso de algum carinho, deitava-se sobre as folhas que eu estava corrigindo.

À noite, sonhei estar perdido num labirinto e, para buscar uma saída, meu corpo subdividiu-se em vários membros, a boca foi para um lado, as pernas, para outro, e meu corpo desmembrou-se inteiramente. Mas eu não me sentia mal com essa experiência.

Duas semanas depois desse incidente (teria sido realmente um incidente? A orelha não tinha voltado ao reflexo; com jogo de espelhos, reparei que se via apenas um buraco na lateral direita da cabeça, mas ninguém parecia notar), dei nova redação para os alunos. Pedi que eles descrevessem um dos companheiros; não poderiam identificá-lo com o nome, mas com aquilo que lhe era mais peculiar. Uma das redações, bem curiosa, demorava-se, por várias linhas, a descrever o nariz de um dos colegas. O texto ficou bom e li para toda turma, que não demorou para achar o dono do nariz. Este, por sua vez, de modo algum se mostrou incomodado. Pediu para ler a dele, em que descrevia a boca enorme de alguém.

Os alunos divertiram-se, eu me diverti e ninguém ficou ferido. Na madrugada seguinte, acordei com muita sede. Bebi água, passei pelo banheiro e, pareceu-me ali ter vislumbrado algo diferente no meu rosto. Mas o sono, muito intenso devolveu-me ao leito. No dia seguinte, ao escovar os dentes, dei-me pela falta do nariz e dos lábios. Os dentes apareciam diretamente no rosto e o resultado era grotesco. Contudo, não podendo disfarçar aquilo, fui trabalhar assim mesmo.

Como na vez anterior, ninguém pareceu notar. Apenas Antenor, o professor de biologia, que era dentista, comentou:

"Carlos, seu molar inferior esquerdo está com uma cárie razoável. Passe à tarde em meu consultório e a gente dá um jeito nisso."

Agradeci o comentário, mas não perguntei como ele tinha chegado a essa conclusão tão rapidamente. Em seu consultório, estranhei que ele não me pedisse para abrir a boca e fosse logo tocando em meu molar. Fez um bom trabalho e cobrou apenas pelo material utilizado.

"Somos colegas de trabalho. Não posso cobrar de você."

No aniversário da cidade, fui convidado a falar. Ninguém me tratou de modo diferente. Apenas, quando me sentei, a do Carmo me disse que eu tinha belos dentes. Como entender isso? A mulher do Guilherme, como não podia deixar de ser, deu mais uma cantada:

"Você tem dedos tão bonitos, Jorge!"

Tremi nas bases. Será que meus dedos estavam desaparecendo também? Logo que cheguei a casa, fui até o espelho. Meu corpo refletia-se sem problemas, apenas as orelhas, boca e nariz tinham desaparecido. Lembrei-me de Machado e fiquei pensando em que minha experiência poderia ser semelhante ao de alferes, que recuperava sua identidade apenas diante de um espelho, num sítio abandonado.

A bem da verdade, alguma semelhança havia. Quando eu prestei o exame de seleção para a Escola, éramos um grupo de cinco professores de português interessados naquela vaga. Entretanto, fui o único que passou. A partir daí, dois professores daquele grupo deixaram de cumprimentar-me na rua. Outros ao contrário, fizeram questão de dizer que eu merecia aquele resultado e me convidaram para uma pequena comemoração de meu novo cargo. Estávamos em férias, varamos a noite. Na manhã seguinte, minha tia Niquita me levou para o sitio dela, com a desculpa de que seus pais – meus avós – queriam muito ver-me. Nos dez dias que passei ali fui muitíssimo bem tratado, servido primeiro, à mesa; deram-me o melhor quarto, com móveis antigos, diziam que herdados de alguns nobres portugueses quando vieram para cá, junto com a corte de D. João.

Ri dessa lembrança. Mas a experiência mais estranha que tive foi, quando dias depois, ao acordar, no meio da noite, com um barulho de estilhaços, descobri que o espelho do armarinho do banheiro tinha se feito em pedaços. Não consegui descobrir o que tinha feito aquilo. Na manhã seguinte, um sábado, comprei novo armarinho e substituí o antigo, que já estava mesmo precisando de reparos. Quando acabei a instalação, tirei a cobertura protetora de plástico e pude contemplar-me. Alguma coisa faltava em meu reflexo: minha cabeça!

Meu Deus! Minha cabeça não se refletia ali. Não podia verificar se meus caninos tinham aumentado de tamanho. Eu não era nenhum vampiro. À tarde fui ao bar Central para reunir-me com os amigos. Eles me trataram bem, sem que nada de anormal fosse notado. Nos espelhos atrás do balcão procurei ver meu reflexo. Padecia do mesmo mal: não aparecia minha cabeça.

"Ao menos economizarei dinheiro pela lavagem de minhas fronhas" – foi o que eu pensei.

Alhures, Amiúde

Acordei subitamente, não por decisão interna do organismo, mas pelo ruído inesperado causado da invasão de duas figuras de estatura mediana, atarracadas, usando sobretudo de gabardina sobre o terno de corte ordinário, gravata com nó mal feito, deixando ver a gola manchada de suor. Um deles pegou uma boa fatia de pão da bandeja que estaria, dentro de meia hora, a meu serviço, untou-a de manteiga e passou a mastigar de boca aberta, enquanto o outro, engolindo rapidamente o suco de ameixas da mesma bandeja, dizia com voz rude:

"Representamos a Sociedade Defensora das Palavras."

"E daí?" – perguntei.

"É verdade que o senhor deu uma declaração a respeito de como procurar as palavras? Algo assim, como procurá-las no dicionário antes de fazer versos?"

"Peraí? Como assim?"

"O senhor tem o direito de ficar calado. Bento, acredito que essa seja a acusação a outro suspeito."

Pela porta deixada aberta, os ruídos do edifício invadiam meu quarto. Repentinamente, explodiu uma música:

Encontrei uma barata na cozinha
Eu olhei pra ela, ela olhou pra mim
Ofereci a ela um pedaço de pudim
O curioso foi que ela
Ela disse sim vem cá ficar comigo
Ela disse sim vem cá ficar comigo
Sim! Gosta de tudo que eu gosto
Sim!

Alguém bateu violentamente uma porta e o silêncio voltou ao quarto.

"O senhor se chama Raimundo?"

Os olhos da criatura lembravam-me os de Bush: não paralelos, mas confluentes, olhos maldosos como de um cerdo.

"Meu nome é Manuel…"

"Então, não foi exatamente isso. O senhor teria declarado que a atividade poética… deixe-me ver…" – com os dedos miúdos amassava as pontas dos papéis-ofício, de aparência encerada, cópia já envelhecida, com algumas máculas. Tratava-se de documento oficial. Trazia selos, símbolos nacionais e pelo menos três carimbos que variavam entre o roxo e o azul. Houve um curto silêncio, e os dedos gordos encontraram um documento.

"Vamos lá: o senhor teria dito que a poesia é "flores" e "esterco"?"

"Jamais disse isso. Mas não deixa de ser uma boa ideia."

"Como, o senhor está a mofar de nossos esforços?"

"Não o faço adrede…"

"Bento, retorne às questões. Não se deixe levar pelas vãs palavras do suspeito. Hun, essa manteiga está um pouco rançosa."

"Vou anotar algo assim: o senhor Carneiro é partidário de ideais estéticos esdrúxulos, não conformes com as normas aceites pelos espíritos considerados nacionalistas. Além disso, o suspeito…"

"Suspeito? Que que é isso? Vocês invadem meu quarto e eu sou o suspeito? Suspeito de quê?"

"Senhor, convém calar-se. É o melhor conselho que podemos lhe dar no momento."

"É verdade que o senhor teria dito que "alhures" e "amiúde" são palavras feias?"

"Bom, quem disse isso não fui eu, mas Manuel Bandeira."

"Manuel Bandeira?"

"É, Manuel Bandeira. Já faz muito tempo. Está no *Itinerário de Pasárgada*."

"Não leve isso em conta, Bento. O elemento se vê acuado e faz uso de informações infundadas para despistar a acusação que mais lhe pesa."

"Penso, Almeida, que só nos resta chamar o padre."

Primeiro entrou Roseli. Depois, Pádua e Dª Fortunata, com um sapato de duraque, seguidos de três pares de velhos que carregavam varas encimadas por uma caixa de vidro retangular, onde brilhava a luz de uma vela. O padre vinha com uma paramenta longa, quase lhe tocando os pés. Atrás, onde a seda rasgava, havia um cartaz: "Colabore com nossa Paróquia. Nossas prebendas estão defasadas." Sorrateiramente, a mão que segurava o Santíssimo escapuliu e pegou parte de meu café da manhã que ainda permanecia na bandeja.

"Em nomine Patri, Fillii…"

Nem assim os homens se afastaram. Enquanto um fingia rever os cálculos, o outro revelava um tédio evidente. Mantiveram seus lugares, mesmo depois que a procissão terminou, para dar lugar aos romanos. Entraram com seu rosto redondo e bochechas flácidas. O primeiro deles, que carregava o lábaro, bradava elogios à poesia alemã, enquanto outro, com versos de Horácio em uma das mãos, protestava.

Naquele momento, eu pensava num Museu de Bruxelas, com quadros de Magrit e de Delvaux, com aquelas mulheres renascentistas nuas, ao lado de homens junto a máquinas a vapor. Pensei que talvez, num quadro assim, escondiam-se as origens de meus escritos.

"Isso é tudo. Assine aqui."

Peguei a caneta esferográfica puída como o punho que

ma oferecia; pensava em assinar o documento, mesmo sem lê
-lo, para logo livrar-me daquilo.

Roseli gritou:

"Não assine. Você está vendendo sua alma ao Diabo."

"Não diga isso" – disse o padre, mas seu sorriso sardôni-
co e seus gestos desarticulados deixavam ver os pés de cabra.
Cheguei mesmo a sentir um cheiro de enxofre. No entanto, não
conseguia reagir. Da minha cama, ainda de pijama, olhava atônito aqueles que me ameaçavam.

Roseli, sempre Roseli, minha salvadora, pegou rapidamente o apagador e, a cada movimento seu, os velhos dos
lampiões, Pádua e a Fortunata e os demais gritavam, agitavam
os braços em desespero, mas foram se extinguindo. Mesmo as
chamas que surgiram no lugar em que deveriam aparecer suas
sombras, apagaram-se e as paredes tomaram um tom pálido.

Quando o quarto voltou à quietude, ela me disse:

"Meu Carneiro, meu carneirinho, meu formoso carneirinho… Aceitei-lhe o doce afago, aceitei-lhe a alfafa que ela me
oferecia e saí trotando pelo campo."

A Casa Tomada

Para Dan e Cá

A nossa era a mais convencional possível. Dois cômodos cilíndricos e paralelos. Lisa, luzidia, uma construção em puro cobre, que o uso constante impedia a formação de azinhavre. Se bem que isso foi no passado, quando me encantei com nosso lar pela primeira vez. Hoje as manchas esverdeadas não são incomuns. Falta de zelo? Marcas do tempo?

O uso constante que davam a ela impedia que tivéssemos quadros nas paredes. "Basta um único uso pelo pessoal de fora e os quadros vão se quebrar", disse-me o corretor quando ma ofereceu por um preço módico.

Gustavo, o marido de Neuza, homem culto, gostava de citar:

"Uma das fantasmagóricas concepções de meu amigo, que não partilhava tão rigidamente do espírito de abstração, pode ser esboçada, embora fracamente, em palavras. Um pequeno quadro apresentava o interior de uma adega ou túnel, imensamente longo e retangular, com paredes baixas, polidas, brancas e sem interrupção ou ornamento. Certos pontos acessórios da composição serviam bem para traduzir a ideia de que essa escavação jazia a uma profundidade excessiva, abaixo da terra. Não se via qualquer saída em seu vasto percurso, e nenhuma tocha ou qualquer outra fonte artificial de luz era perceptível; e, no entanto, uma efusão de intensos raios rolava de uma extremidade à outra, tudo banhado de esplendor fantástico e inapropriado."

Outra vez, citava uma passagem diferente, da mesma narrativa:

"A adega (...) era pequena, úmida e sem nenhuma entrada para luz; achava-se a grande profundidade, logo abaixo daquela parte do edifício, em que se encontrava meu próprio quarto de dormir. Tinha sido utilizada (...) em dias recentes, como paiol de pólvora ou de alguma outra substância altamente inflamável, pois uma parte do chão e todo o interior duma longa arcada, por onde havíamos passado, estavam cuidadosamente revestidos de cobre. A porta de ferro maciço tinha sido também protegida de igual modo."[1]

Tomávamos aquilo, meu irmão e eu, como o supremo elogio de nossa casa, tão austera, tão sólida, mas tão insignificante, desconhecida de muita gente. Às vezes, eu protestava:

"Sim, há semelhanças. Mas não moramos no fundo da terra. Veja quanto você teve de subir, para chegar até aqui. Além disso, não há umidade alguma, nem há portas pesadas a cortar nosso contato com o mundo exterior."

"Você não vai querer uma total coincidência entre literatura e realidade comum. Uma coincidência completa faria, de Poe ou da vida de vocês, alguma coisa muito pobre."

E eu olhava da entrada de meu quarto o imenso espaço vazio, principalmente, à noite, quando o luar penetrava pelos vidros do salão e dava, a tudo, um aspecto fantasmagórico. Sentia reduzir-me à pequenez, diante da majestade de tudo quanto era possível completar da entrada de minha casa e pensava que nem sempre poderia ficar ali. Algum dia, viria alguém, grande o suficiente para fazer uso daquele espaço tão extenso e, talvez, tivéssemos de buscar outro domicílio. Mas ir para onde? Essa questão me angustiava, mas eu sabia esperar. Às vezes, recebíamos outras visitas, nem tão interessantes, que nos contavam as novidades, notícias de lugares longínquos, em que lares, se-

---

[1] E. A. Poe, tradução de Oscar Mendes.

melhantes aos nossos, não eram cilíndricos, mas retangulares e estreitos. Havia os que possuíam retângulos inclinados e, mais abaixo, uma entrada cilíndrica como a nossa. Uma vez, o corretor perguntou se eu estava satisfeita onde estava e se não seria tempo de buscar outra morada.

"Veja quanto azinhavre já se acumulou nesta parede! E apontava para um ponto descolorido, em que o cobre perdia o brilho."

Da nossa parte, sacudíamos os ombros.

"Aqui está ótimo. Se for realmente necessário mudar, mudaremos. Mas sempre há tempo."

"Nem sempre, moça. Não conte com mudanças impensadas. Se não há tempo, para se pensar, você pode fazer mau negócio."

Não ficávamos convencidos, como não ficamos, quando o corretor veio nos falar, cheio de entusiasmo, da parede externa de algumas casas, que era um extenso espelho branco, que ficava fosforescente à noite, brilhando por um longo período, a indicar caminho para os notívagos. Não éramos notívagos, e aquela modernidade não nos interessava.

Um dia apareceu uma daquelas pessoas gigantescas e tirou da terra do jardim distante uma placa tão enorme que era possível lê-la através de uma das vidraças. Dizia: *Vende-se*. Alguns dos vizinhos, que gozavam de alguma familiaridade conosco, disseram:

"Foi tudo vendido. Seremos desalojados."

Encolhi-me um bom tempo em minha alcova. Reparei que meu irmão permanecia indiferente. Nos últimos tempos deixara o cabelo crescer e tomar um aspecto de abandono. Não se penteava mais, não organizava seus livros, que ficavam no chão, não vinha mais à entrada de seu quarto, queixando-se de que a luz do dia o incomodava em demasia e que ouvir certos sons era, para ele, um suplício e tanto.

De minha parte, queria socorrê-lo, mas tinha a impressão de que não conseguiria consolá-lo. Jamais saberia consolá-lo. Para mim, sua presença tinha sido um sol, o grande clarão que me garantia o futuro. Agora estranha melancolia escorria pelo meu peito e fazia-me sozinha, escondida no fundo do quarto.

Um dia, meu irmão olhou-me pela abertura de minha alcova e sorriu de leve. Era mais um esgar do que um sorriso. Quando lhe perguntei se tudo estava bem, ele me respondeu:

"A vida é assim mesmo."

O que mais me desconsertou foi o uso do lugar comum. Ele, antes, jamais fizera ou utilizara expressões corriqueiras. Buscava com entusiasmo as palavras mais distintas que evocassem o inefável.

Porém o que mais me deixou entre admirada e surpresa foi quando contemplei da entrada de meu quarto a ocupação do grande salão. Vinham seres enormes, carregando peças que me deixavam estupefata. Um móvel de tamanho incalculável, com uma longa parede de metal negro e com furos maiores que o diâmetro de meu quarto, foi colocado diante de nossa casa, escurecendo tudo.

Fui, então, até a entrada do quarto, permaneci com o espírito irrequieto, enquanto contemplava o vazio, quando percebi que dois imensos tubos – à distância pareciam também ser de cobre – surgindo do nada, e vinham em minha direção e na direção do quarto de meu irmão. Estúpida, tola e inconsequente, encolhi-me nas paredes do fundo até que um dos tubos tomou inteiramente o cômodo em que eu morava.

Soube, então, que eu estava presa, na casa tomada.

Nota biográfica do autor

Marcos Cardoso **Gomes**, formado em Letras, Português e Latim, com mestrado em Grego Antigo, e doutorado em História Social pela USP, dedicou-se ao ensino de língua e literatura por mais de quarenta anos, preferivelmente para o ensino médio, com experiência na graduação e na pós-graduação.

Enquanto escritor, produziu as obras: *Cristal azul* (estória infantil), *A ironia trágica em Heródoto* (tese de doutorado) e, em colaboração om Maria Helena Gomes, *Valores humanos – essência da educação na formação do caráter.*

Os contos que formam *Papo cabeça* foram escritos entre 2003 e 2018; *Cotas são* é o primeiro deles; *Febre amarela*, o último. O título diz respeito a uma gíria que surgiu ao final do século passado, e significava uma conversa intelectual, mas que foi tomada em sentido literal apenas.

ÍNDICE